親父の十手を受けついで

親子十手捕物帳

小杉健治

時代小説文庫

角川春樹事務所

本書は時代小説文庫（ハルキ文庫）の書き下ろし作品です。

目次

第一章　濡《ぬ》れ衣《ぎぬ》

一

深川《ふかがわ》の霊巌寺《れいがんじ》では、今日から千部修行が始まって参詣客《さんけい》で賑《にぎ》わっていた。辰吉《たつきち》は知り合いの香具師《やし》から頼まれて露店で飴《あめ》を売っていた。夕方に手伝いを終え、日本橋通《にほんばしとおり》油町《あぶらちょう》に帰って来た。

辰吉は十九歳の色白で目元が涼しく、きりりとした顔である。紺の子持ち縞《じま》の袷《あわせ》に、白い献上帯を片ばさみにしている。

木々はすっかり青く繁《しげ》り、江戸の空にほととぎすが姿を現した。夏の訪れがもう間近で、暖かい風が吹いている。

天秤棒《てんびんぼう》を担いで、とぼとぼと歩いてくる男がいた。

振り売りの魚屋の善太郎《ぜんたろう》だった。辰吉と同い年だ。

「どうしたんだ」

「実は初鰹《はつがつお》が売れ残っちゃいまして」

「売れ残った？」

江戸っ子といえば、初物が好きである。それに初鰹となれば、なお一層のことである。江戸で初鰹は四月に入ってから売ることが許される。まず、将軍の元に一番良い鰹が献上されて、それから市中に出回る。

「見せてみろ」

善太郎は盤台の鰹を見せた。

身が太っていて、模様がしっかり出ていて、目が澄んでいた。

えらを見ると鮮やかな赤色だった。水揚げされて間もないからに違いない。古いものは、黒くなる。

「どうして、こんな上物仕入れたんだ。最近、初鰹の値がぐんと上がってるって聞いてるぜ」

「実は、大伝馬町《おおでんまちょう》の『百山《ももやま》』さんから頼まれたんですよ。でも、いまになって二両の金の都合が付かないって言われて。せめていくらか頂ければ、まだよかったのですが」

「で、おめおめと引き下がってきたのか」

「金がないものは払えないとその一点張りで……」

「一銭もくれねえのか」

「ええ、買っていないから払わないと。初鰹ならいくらでも買い手があると言われて、そりゃそうだなと思ったんですが」

「誰《だれ》も買ってくれなかったわけだな」

「そうなんです。仕入れるために、一両も親方から借りたんです」

「よし、買ってやろう」

辰吉はためらわず言った。

「お気持ちはありがたいんですが、辰吉さんにそんなお金があるんですか？」

「金は後で払う。俺は嘘《うそ》を言わねえよ」

辰吉は言った。

善太郎は考えるようにして、

「今日中に親方に一両返さないといけないのです」

「わかった。親方に今日の四つ（午後十時）まで待つように言っといてくれ。金はちゃんと用意するから」

辰吉は威勢よく言ったが、頭の中ではどう工面しようかと考えていた。

「すまねえが、牢獄《ろうごく》長屋まで来て捌《さば》いてくれ」

辰吉が言いつけた。

牢獄長屋とは、日本橋通油町の東側、厩新道《うまやしんみち》にある裏長屋だ。少し先に小伝馬町《こでんまちょう》の牢《ろう》屋敷が見えるから、こんな名前で呼ばれていた。

長屋の木戸をくぐった。両脇《りょうわき》に三軒ずつ長屋が建っていて、辰吉はとば口に住んでいる。善太郎が辰吉の家の前で天秤棒をおろすと、

「なんだか、焦げ臭いですね」

「また、おすみさんが魚を焦がしたな」

辰吉は苦笑いして、隣の腰高障子《こしだかしょうじ》を叩《たた》いた。

中からすぐに三十女が出てきた。

「焦げ臭いぜ」

「またやっちゃったんだよ。ちょっと目を離した隙《すき》にね」

おすみは照れくさそうにして、

「で、何だい」

「初鰹を手に入れたんだ」

「ほんとうかい」

「ほら」

辰吉は後ろにいる善太郎の盤台を指した。

おかみさんは覗《のぞ》いて、

「あら、旨《うま》そうだね」

「おすみさん、長屋の連中にも食わしてやりてえ。すまないが皆に伝えてくれねえか」

「いいのかい」

「それと、大家にも頼む」

「あいよ」

すみはさっそく長屋を回った。

善太郎は鰹をまな板の上に載せて素早い包丁捌きで捌きだした。

長屋の連中が路地に出てきた。

「じゃあ、あとは頼んだ」

辰吉は善太郎に言って、木戸を出て行った。その足で霊巌島に向かった。

その夜、越前堀《えちぜんぼり》の小さな稲荷《いなり》のはずれにある塀で囲われた小屋で丁半が開かれていた。ここは噺家《はなしか》で真打《しんうち》の橘家圓馬《たちばなやえんば》が住まいとしている。噺家よりも、胴元で稼いでいるような四十年輩のしみったれた顔の男だった。

薄暗い部屋に百目蠟燭《ひゃくめろうそく》の灯が妖《あや》しく光っている。商家の旦那《だんな》や職人風の男たちが食い入るように盆を見ている。

その中に辰吉もいた。露店で稼いだ一分だけしか持っていなかったが、今では一両三分となっている。

あと一分儲《もう》ければ、引き上げるつもりだ。

「ツボをかぶります」

さらしを巻いて片肌を脱いでいる壺振《つぼふ》りが、サイを壺のなかにいれて、茣蓙《ござ》のうえに伏せた。

「どっちも、どっちも」

中盆《なかぼん》が丁と半を集めた。

辰吉は半に賭《か》けた。

丁に賭ける者と、半に賭ける者が同じ数だけ揃《そろ》った。

「揃いました」

中盆が声をかけると、壺が開かれ、出目が明らかになった。

ひとつが四で、もうひとつが三だった。

「半!」

声がかかった。

辰吉はまた勝った。

「くそ!」

隣の男がやけっぱちになっていた。辰吉と同じ時に賭場《とば》へやって来た男で、月代《さかやき》が広めな金魚髷《まげ》の髪型が道楽息子のように見えるが、どこか荒《すさ》んでいる感じだった。いまも必死の形相だ。ひょっとしたら、勘当された身かもわからない。

男は立ち上がって、代貸《だいがし》のところに行ったが、

「彦三郎《ひこさぶろう》、もう貸せねえ」

と言われて、不貞腐《ふてくさ》れたように賭場を出て行った。

辰吉も木札を小判に換えて、小屋の裏口からこっそりと出た。まだ四つ前だが、誰にも見つからないように気を付けた。ここで賭場が出来ていると知られてはならない。圓馬からも十分に気を付けるように口すっぱく言われていた。

外は真《ま》っ暗闇《くらやみ》である。

人通りのない道をしばらく歩いていると次第に目が暗闇に慣れてぼんやりとでも辺

りが見えるようになった。

新川《しんかわ》の二ノ橋に差し掛かった時、人の影が見えた。

やがて、相手の顔がわかるまで近づいた。

「お前は、さっきの……」

彦三郎と呼ばれていた男であった。凄《すさ》まじい怒りの形相をしている。

「俺《おれ》の二両を返しやがれ」

彦三郎は血走った目で言った。

「なに言ってやがんだ。お前から二両なんて取り上げてねえ」

「お前のせいで俺は負けたんだ」

「そんな理屈があるか」

「うるせえ」

いきなり、彦三郎が殴りかかってきた。

辰吉は体を躱《かわ》しながら、相手の腕を取って、勢いに任せて放《ほう》り投げた。彦三郎は背中から地べたに叩きつけられた。

彦三郎はすぐに起き上がって、再び突進してきた。

辰吉も素早く踏み込み、鳩尾《みぞおち》に拳《こぶし》を入れた。

「うっ」

彦三郎がうずくまり、うめいていた。

「俺に喧嘩《けんか》を挑もうと思うなよ」

辰吉は言い放った。

真之神道流《しんのしんとうりゅう》の達人である滝川丈右衛門《たきがわじょうえもん》から柔術の教えを受けている。

辰吉は彦三郎を置いて、善太郎の元へ急いだ。


二日後の夕方、辰吉は頼まれた仕事から帰って来た。胡坐《あぐら》をかいて煙草《たばこ》を吸い始めた。

部屋の中は布団と煙草盆くらいしかない。火鉢は質に入れてしまっているので、がらんとしている。

辰吉の実家は京橋大富町《きょうばしおおとみちょう》にある『日野屋《ひのや》』という薬屋を営んでいる。

父、辰五郎《たつごろう》は五年前までは岡っ引《おかぴ》きをしていたが、今では身を引いて『日野屋』の跡を継いでいる。

辰吉は父親とはそりがあわず、三年前に家出をした。

それから、湯島妻恋坂《ゆしまつまごいざか》の御家人、滝川丈右衛門のところで奉公をした。滝川は湯島妻恋坂に屋敷がある御家人であり、これまで何人もの柔術の腕に自信のある者が試合を申し込んできたが、負けたことはなかった。それゆえに、湯島の虎《とら》と称せられる人物である。辰吉はその滝川さえも認める腕前であった。そこで真之神道流を教えてもらっていたが、去年の十二月、滝川が信濃国中之条《しなののくになかのじよう》代官に抜擢《ばつてき》されたのをきっかけに、奉公をやめた。

どこに行くか迷っていて、行きついた先がこの長屋だった。

突然、辰吉の家の腰高障子を叩く者があった。

「誰だい」

煙管《きせる》を灰吹きに叩きつけ、ぶっきら棒にきいた。

「ちょっと、『一柳《ひとつやなぎ》』の親分さんの遣いで」

男の声がした。『一柳』とは町内の料理茶屋で、そこの旦那の忠次《ちゆうじ》は岡っ引きをしている。

「なんでだ？」

辰吉は起き上がって声をかけた。

「辰吉さんを呼ぶように言われたんです。何でも圓馬師匠のことできききたいことがあると」

「なに、圓馬師匠の？」

まさか、博打《ばくち》のことかと心配になった。

辰吉は土間に下りて、腰高障子を開けた。

気弱そうな、自分と同じ年くらいの痩《や》せて目がぎょろっとした男が立っていた。初めて見る顔であった。

「で、親分はどこに？」

「小網《こあみ》稲荷です」

「どうしてそこに？」

「人目をはばかっているみたいで」

「そうか」

辰吉は痩せぎすの男に連れられ、田所町《たどころちょう》の脇から堀留町《ほりどめちょう》二丁目、新材木町《しんざいもくちょう》を堀江《ほりえ》町《ちょう》入濠《いりぼり》沿いに歩いた。和國橋《わこくばし》、親父橋《おやじばし》を横切り、かつお河岸《がし》へと進んだ。

「圓馬師匠のことって言っていたが、なんのことだろうな」

「さあ」

男は首を傾《かし》げた。

甚左衛門町《じんざえもんちょう》と小網町《こあみちょう》二丁目の狭い路地を入ると、左手に姫路《ひめじ》藩酒井《さかい》雅楽頭《うたのかみ》の中屋敷が見え、屋敷の小さな堀の外側では子どもたちが鬼ごっこをして遊んでいた。この狭い道に他に通行人はおらず、辰吉もほとんど通ったことのない小路であった。

「もうすぐです」

一町半ほど先に茂みが見えてくると、男が言った。

小網稲荷は鳥居をくぐると、すぐ目の前に社殿が見える。『一柳』の半分くらいしかない小さな社殿であった。

「おい、親分はいねえじゃねえか」

辰吉は辺りを見渡しながら言った。

木の陰から烏《からす》が三羽、バサバサと飛び出した。

「うん？」

嫌な予感がしたと思ったら、三人の大男と彦三郎がいた。ふたりの髭面《ひげづら》の男は二十代半ばで、兄弟であるかのようによく似ていた。もうひとりの色白の男は二十一、二歳くらいで三人の後方にいた。あまり乗り気ではないような感じだった。彦三郎は袖《そで》に何か隠しているようだった。

「ご苦労だったな」

彦三郎が気の弱そうな男に言いつけると、男は逃げるように駆けていった。

辰吉の後ろは社殿があり、その奥は抜けられそうにない。

完全に囲まれた。

しかし、辰吉は別に慌てることもなく、笑みを浮かべた。

「なにが可笑《おか》しいんだ」

いらだたしい空気が、殺気を帯びて流れてきた。

「別に」

辰吉は小馬鹿にするように答えた。

「こいつ！」

突然、彦三郎が石を投げつけた。

「あぶねえ、何しやがんだ」

辰吉は軽くよけた。

年上の髭面の男が棍棒《こんぼう》を構えて正面から、そのほかの男が左右から殴り込んできた。

辰吉はひょいっと賽銭《さいせん》箱に飛び乗って、鈴が付いている麻縄を摑《つか》んで後ろに体を倒してから勢いをつけて、

「そらっ！」

飛び蹴《げ》りを正面から来る男の顔に喰《く》らわし、麻縄から手を離した。ふたりの男は振

り返った。

　鈴はじゃらん、じゃらんと音を立てている。

　息もつかず、彦三郎をめがけて突進して、彦三郎の背後にまわると、首を左腕で絞めた。

「動くな！」

　辰吉は叫んだ。

「……」

　男たちは足を止めた。

「棍棒を捨てろ！　こいつがどうなってもいいのか」

　辰吉は三人に向かって叫んだ。

「く、苦しい……」

　彦三郎が声を絞り出し、

「捨てろ……」

　と、言った。

　三人は悔しそうに棍棒を捨てた。

「さあ、お前らはさっさと立ち去れ！」

「……」

男たちはためらった。

「行け！」

彦三郎が苦しそうに言うと、男たちは彦三郎を残して逃げて行った。

「お前ひとりじゃ何にも出来やしめえ」

「……」

辰吉が腕を外すと、彦三郎は咽《むせ》ながら去っていった。

「おや？」

何か落ちている物があった。

手に取ってみると、鶴《つる》が二羽飛んでいる柄の竹細工の印籠《いんろう》であった。高い物ではなさそうだが、彦三郎の落とした物だろうと思って袖に入れて持って帰った。

翌日の八つ半（午後三時）。

辰吉は忠次に呼ばれて、『一柳』に行った。『一柳』はねぎま鍋《なべ》が名物で、たびたび書画会が催され、各分野の文化人たちもよく客として利用していた。夕七つ（午後四時）から始まるが、すでに入り口の前には盛り塩がしてあった。忠次の妻女が女将《おかみ》で、店を切り盛りしている。

辰吉は『一柳』の裏口から入った。

三十前の女将が入ってすぐのところにいた。富士額で鼻筋が通り、少し勝気そうだが美しい女だ。

「辰吉さん、うちのひとは二階の奥の部屋で探し物をしているよ」

忠次は『一柳』の先代に見込まれ、強い男がいてくれたら助かるというので、婿に入ったそうだ。それでも、我儘《わがまま》言って、岡っ引きを続けている。店の者は旦那と呼んでいるが、他の者は親分と呼んでいる。

辰吉は入り口近くの階段から二階へ上がった。

二階のすぐ右手には二十畳ほどの座敷があって、隣の十畳の座敷と襖《ふすま》で隔てられている。大勢入る場合は襖を取っ払って一間にする。

階段左手には八畳の部屋がひとつあり、廊下を進んでいくと十二畳の部屋がある。

女将が奥の部屋と言ったのは、この部屋のことだ。

その部屋に行く途中の廊下から内庭が見下ろせて、藤の木が三本綺麗《きれい》に花を開かせていた。

隣家からは三味線《しゃみせん》の音が聴こえてきた。杵屋《きねや》小鈴《こすず》が弟子に長唄《ながうた》の稽古《けいこ》をつけているのだろう。

「失礼します」

辰吉が襖を開けた。

忠次は三十三で、大島紬《おおしまつむぎ》にひわ色の角帯がよく似合っていた。垂れ目で優しい顔をしていたが、目と目が合うと、ぞっとするほどの凄《すご》みを感じる。

「下に行くぞ」

「親分、どうしてこんなに明るいのにいるんですか」

「今日は旦那の都合で早めに引き上げたんだ」

旦那とは、同心の赤塚新左衛門《あかつかしんざえもん》である。

一階の内庭に面した忠次の部屋に移った。

忠次は長火鉢の前に座って、煙管を手にした。刻み莨《たばこ》を詰めて、火をつける。

部屋に煙が漂った。

「どんな用でしょう」

辰吉は待ちくたびれたようにきいた。

忠次は煙を吐いてから、

「もうそろそろ俺の手下になったらどうだ」

「またそのことですか……」

辰吉はため息をついた。

「あっしは岡っ引きは嫌いなんですよ」

「何で嫌いなんだ」

「親父《おやじ》を見ているからです。親父とは合わないんです」

「いってえ、何が合わないんだ」

「口うるさくて、俺のやることにいちいち文句をつけてくるんです」

「それから?」

「……」

辰吉の言い分はまだ色々とあるが、岡っ引きをしている忠次には言えないことであった。

「お凛《りん》ちゃんとは会いたいだろう?」

凛は二つ下の妹である。

去年の秋に神田《かんだ》祭りで会ったのが最後だ。

「近頃《ちかごろ》、隣の小鈴師匠のところに通っているようだ」

忠次が言った。

小鈴は、そこそこ有名な三味線弾きで、弟子も三十人ほどいる。歳《とし》の頃は二十八、面長に切れ長の目で、若い頃は浮世絵にも描かれるほどであった。だが、男嫌いという専《もっぱ》らの噂《うわさ》通り、まだ独り身であった。

小鈴のところに通わせるように言ったのは父の辰五郎だろう。娘に三味線などの芸をしこませて、しっかりとしたところへ奉公させて、良い家柄の男に嫁がせたい父の思惑が見える。

「もう稽古が終わる頃だ。お凜ちゃんは時たま稽古のあとにここに来るんだ」

「え？　じゃあ、いま聴こえているのは凜の三味線ですか」

「そうだろう」

忠次は頷《うなず》いた。

その時、三味線の音が止まった。

「私は凜が来る前に失礼致します」

辰吉は立ち上がろうと、畳に手をついた。

「どうして逃げるように帰るんだ」

「だって、凜と会うにも気まずいじゃありませんか」

「俺が付いているから心配するな。元々仲の良い兄妹《きょうだい》じゃねえか」

「そうですけど……」

辰吉は頷いた。

ただ、ひとつ気掛かりなのが、家を捨てた兄を妹がどう思っているかだ。去年の秋に会ったときには、自分からは話題を切り出せず、凜が一方的に話していた。

廊下を伝う音がして、部屋の前で止まった。

「失礼します」

甲高い凜の声がした。

「入ってくれ」

襖が開くと、凜が姿を現した。

「親分、こんにちは」

凜が忠次に挨拶《あいさつ》して、

「兄さん、いたんですか」

辰吉の横に座った。辰吉は気まずそうに顔を俯《うつむ》けた。

「お元気でしたか」

「ああ」

「一度、お父《とっ》つあんに会いに来てください」

「お前までそんなこと……」

「ぜひ、仲直りしてください」

凛は頭を下げた。

「お前の頼みだが、それは出来ねえ」

辰吉は顔を背けた。

「どうしてです？」

「さっき、親分にも言ったけど、親父とは馬が合わねえんだ。いくら努力して近づこうとしたって、また同じことの繰り返しになるだけだ」

「そんな、もう一度会ってみなくちゃわからないじゃないですか」

「いや、俺にはわかるんだ」

辰吉が力強い口調で言った。

「どうしても駄目ですか」

凛は落ち込んだように言った。

「すまねえ」

「あまり、妹を困らせちゃいけねえぞ」

忠次が注意した。

「すみません。でも、これぱっかりは……」

辰吉は頭を下げた。

「でも、いいです。兄さんの気持ちが変わるまで、私は何度でも説得に来ますから」

「おい、俺だって『一柳』にしょっちゅう来るわけじゃねえ」

「いえ、牢獄長屋に住んでいるとお聞きしました」

「え？」

辰吉は忠次を見た。

「お凜ちゃんがどうしてもお前に会いに行きたいって言っていたから教えたんだ」

「そうですか」

辰吉は不貞腐れたように、口を尖《とが》らせて言った。

あまり忠次のところへいると迷惑になるからと、辰吉は凜を連れて『一柳』を出た。

辰吉と凜は、『一柳』から一町（約百九メートル）ほどの寶田恵比寿《たからだえびす》神社の境内《けいだい》にやって来た。花はとうに散ってしまって、桜並木に青葉が繁っていた。

桜並木の間に柄の悪そうな男が四人ほど見えた。皆大柄で、目つきが鷹《たか》のように鋭かった。

そのうちの三人はこの前の連中のようだ。それにひとり加わっている。

「兄さん、ちょっと場所を変えましょうよ」

凜が体を寄せてきた。

「そうだな」

ふたりは早足で神社を出ようとした。

しかし、兄妹の行く手を阻むように、四人の男たちが並木の間から出てきた。

「兄さん」

凜は辰吉の袖を引っ張った。

「俺が合図をしたら、お前は本殿の後ろから親分のところへ逃げろ」

「でも」

「俺はひとりで平気だ」

凜は言葉を出さずに頷いた。

四人が迫って来た。

「辰吉っていうのはお前か」

細くて吊《っ》り上がった目の、いかつい顔の冷酷そうな男が声を掛けた。この間はいなかった男だ。二十七、八で胸毛が濃い。

辺りには他に誰もいない。猫や烏さえ見当たらなかった。

「そうだ」

辰吉は警戒して言った。

「この連中が世話になったそうだな。その礼をさせてもらうぜ」

相手は懐に手を入れた。

匕首《あいくち》を取り出すのだろう。

辰吉はいきなり相手に飛びかかって、腕を捻《ね》じ上げた。

匕首が落ちた。

「凜、逃げろ！」

辰吉は合図した。

凜は一目散に駆けて行った。

ひとりの男が凜をめがけて駆け出した。

辰吉は男を突き放した。

履いている下駄《げた》を投げて、頭に喰らわせた。男は後頭部を押さえている。辰吉はその男に駆け寄って、蹴りを入れた。

すぐさま顔を戻した。

「おのれ！」

吊り目の男が匕首を拾って、腰に構えて突進してきた。

相手は体が大きい割には素早い。

「えい」

辰吉は手刀で相手の首元を強打した。

男は見事にひっくり返った。

四人のうち、ふたりは負傷した。

残りのふたりは腰が引けたのか、すぐにかかって来そうにない。

まだ日暮れ前だ。他に参拝客が来るかもしれない。それに凜が親分のところに行けば、誰か駆け付けてくれるだろう。

「引き上げるぞ」

無事なふたりは、負傷したふたりに肩を貸して去っていった。

「次来たらただじゃおかねえぞ」

辰吉は四人の背中に声を浴びせた。

「辰！」

『一柳』の番頭が駆け付けてきた。

「どうも」

「怪我《けが》はねえか。一体、誰なんだ」

「彦三郎の一味でしょう」

「彦三郎？」

「どこの彦三郎か知らないですが、ちょっと揉《も》め事があって」

「あまり揉め事を起こすなよ」

「へい、気を付けます」

「お凛ちゃんに何かあったら、それこそ心配だ。浅蜊《あさり》河岸まで送ってやれ」

「え？　俺がですか」

「当たり前だ」

「でも、親父の傍《そば》に近寄るのは……」

「なんだ、みみっちいな。会ったら会ったでいいじゃねえか。話したくなければ知らん顔すればいい。そんなことで、くよくよするな」

番頭は軽く叱《しか》りつけた。

「わかりました。じゃあ、凛をそちらに迎えに行きます」

辰吉は「親父に会ったときは、その時だ」と開き直って、凛を『一柳』へ迎えに行った。

二

暮れ六つ（午後六時）過ぎであった。

三十間堀《さんじつけんぼり》に架かる真福寺橋《しんぷくじばし》を東に渡って、すぐ右手の表通りに薬屋『日野屋』はあった。通りの片側は大富町の商店が並び、もう片方は膳所《ぜぜ》藩本多《ほんだ》家の上屋敷の白塀であった。夕方になると、ちょうど西日が『日野屋』の向こうから差し込んできた。

「遅いな」

辰五郎が呟いた。

凜がもう帰ってくるはずなのに、まだ帰ってこなかった。

数日前にも似たようなことがあったが、その時には三味線の小鈴師匠の手伝いをしていて遅れたと言っていた。

日暮れ前に帰ってくればよいのだが、年頃で器量も良いから男と変なことになっていないかと心配であった。

辰五郎は凜が帰ってきてから一緒に食事をしようと思い、茶を沸かして居間に運んだ。

ふと、神棚に目を遣《や》ると、十手《じって》が埃《ほこり》をかぶっていた。

神棚から十手を取り、埃を払った。

与力《よりき》や同心が持っている十手は赤房などの飾りが付いているが、辰五郎が持っているものに飾りはない。定町廻《じょうまちまわ》り同心の赤塚新左衛門の父親から手札を貰《もら》っていて、捕り物のために手製の十手を持っていた。

毎日眺めている十手だが、久々に触ると様々なことが一瞬にして思い出されるようであった。

辰五郎は元来の捕り物好きであった。

まだ辰吉くらいの年齢の時には、『日野屋』を継ぐとは全く思ってもおらず、兄が跡を継いで、辰五郎は離れに住んで捕り物を続けていた。ただ運のよいことに、父や兄は物分かりの良いひとで、辰五郎に厳しいことを言わずに好き勝手にやらせてくれていた。その上、金の面倒まで見てくれていたので、他の岡っ引きとは違い、商売をしなくても辰五郎は生活していくことが出来た。

しかし、五年前に思いがけず兄が死んで、『日野屋』の跡を継がなければならなくなった。亡き父にも親孝行できなくて申し訳なく思う気持ちが大きかった。

そして、辰五郎のあとは弟分の忠次に任せた。

あれから五年が経《た》つとは思えなかった。あっという間に、年月が過ぎてしまった。

「お父つあん、何しているの」

凜の声がした。

昔日の思い出に浸っていて、凜が居間に入ってきたのに気が付かなかった。

「いや、何でもない」

辰五郎は神棚に十手を戻した。

「それより、遅かったじゃないか」

辰五郎が話題を変えた。

「ごめんなさい」

「どうしたんだ」

「ええ、ちょっと……」

「なんだ」

「兄さんと会ってきたんです」

「どこでだ」

「忠次親分のところよ」

「なんで、辰吉と会うのに忠次が出てくるんだ？」

辰五郎がきいた。

辰吉は昔からそんなに大きな体ではないが、力が強かった。まだ十歳くらいの時に、草相撲《くさずもう》の集いがあった。辰吉がそこで体が遥《はる》かに大きい相手をいとも簡単に投げ飛ばしてしまったのには、辰五郎も舌を巻いて驚いた。

ある相撲部屋の親方に、将来見どころがありそうだからと入門を勧められたが、本人は厳しい稽古なんて耐えられないからと断った。

それから、辰五郎は息子に自分の跡を継がせたいと考えたこともあった。

「兄さんは忠次親分の近くに住んでいるのよ。何をしているのかはわからないけど」

凜は答えた。

「あいつが通油町に？」

「そうよ。牢獄長屋というところ」

「あそこか」

辰五郎は岡っ引きのときに行ったことがあった。

「でも、忠次は俺にそんなこと一言も言って来なかったけどな」

「きっと、遠慮しているのよ」

凜は知った風に言った。

「そうかな」

辰五郎は首を傾げた。

翌日の昼四つ（午前十時）のことであった。

『日野屋』の帳場格子《ちょうばごうし》の中で、辰五郎が帳面を改めていたら、

「旦那、あのお方が」

番頭が近づいて囁《ささや》いた。

見ると、六十過ぎの白髪交じりの商人風の男が入って来た。

どこか神妙な面持ちである。

辰五郎は立ち上がって、

「はい、どうなされましたかな」

薬以外のことで来たのだろうと思いながらきいた。

「私は日本橋万町《よろずちょう》で『駿河屋《するがや》』という茶問屋を営む彦右衛門《ひこえもん》というものでございます。南八丁堀《みなみはっちょうぼり》の市蔵《いちぞう》さんから話を聞いてきました。辰五郎さんなら引き受けてくれるだろうと」

「ご老人がそんなことを？」

市蔵は南八丁堀の名主で、今年八十になる。大富町という町を作ったのも、市蔵の尽力があってのことだった。

その男の紹介となれば無下には出来ない。

「まあここでは話がしにくいでしょうから、奥へどうぞ」

辰五郎は彦右衛門を帳場裏の四畳半ではなく、奥の客間に通した。

ふたりは向き合って座った。

彦右衛門が口を開いた。

「実は長男の彦太郎《ひこたろう》が嫁の他に女が出来たらしいのです。それはいいのですが、その女というのが楊枝屋《ようじや》に勤めている身でして、ふたりの間に子どもが出来たようです。女は妾《めかけ》として育てるのは嫌なので、本妻になれないなら子どもを引き取ってくれと言ってきました」

「それで？」

「彦太郎は嫁との間に子どもがいないので、引き取ると約束をしたらしいのです。ところが、女は自分のような者が子どもにくっついていると、その子の将来の邪魔になるから姿は見せないけれど、お腹《なか》を痛めて産んだ子を手放すのだから手切れ金が欲しいと言って来ました」

「いくらです？」

「五十両です」

「五十？　それはちと高すぎやしませんか」

「私もそう思いました。それを彦太郎に説明しても、こういうものはきっちり手切れ金を渡して別れた方がいいと言ってききません」

「ご子息を説得して欲しいというわけですかな」

「いいえ、その女の正体を暴いて欲しいのです。私の考えるところによると、楊枝屋に勤めていると言っても、どうせ裏でいかがわしいことをしている店なのでしょう。そういう女ですから、まともな女とはとても思えません。それに、彦太郎は長年子作りに励んでいますが、出来そうにもありません。彦太郎はその子が仮に自分の子じゃないとしても、後継ぎがいなければいずれ養子を貰わないといけないのだし、これも何かの縁だから引き取りたいと言っているんです。でも、私としてはそんな素性のわからない女の子どもを家に入れたくはないんです。現にこの間も金を無心しに来たんです」

「なるほど」

「それに、これから彦太郎夫婦の間に子どもが生まれるかもしれませんし、そうなった時にその子がいれば揉め事の種になるかもしれません」

「彦太郎さんはその時はどうすると仰《おつしや》っているんですか」

「その時はその時だと言っています」

「彦太郎さんというお方は優しいんですね」

辰五郎はそう言いつつも、お人好《ひとよ》し過ぎないかと思った。

「どうか辰五郎さん、引き受けていただけませんか」

彦太郎が頭を下げた。

頼み事は嫌とは言えない性質《たち》である。そのために、今まで何度か面倒なことも引き受けてきたのだが……。

「わかりました」

辰五郎は頷いた。

「引き受けていただけますか」

「ええ……」

「ありがとうございます」

彦右衛門は礼を言った。

「それで、その女というのは？」

もう引き受けてしまったものは仕方がない。辰五郎は自分の目が鋭くなるのがわかった。きき方にもどこか親分だったときの雰囲気が残っている。

「浅草寺《せんそうじ》の近く、並木町《なみきちょう》の楊枝屋にいるお房《ふさ》という女です。住まいは倅《せがれ》も知らないそうでございます」

「知らない？　それもおかしな話ですね」

「ええ。その女のことになったら、倅もあまり口を開かないんです。何かやましいことでもあるのでしょうか」

彦右衛門は考えるように言い、

「どうかよろしくお願いします」

と、頭を下げた。

「では、夕方にでもそちらへ伺います。一度、彦太郎さんと話をさせてください」

辰五郎は言った。

その日の夕方、暮れ六つ近くになるともう客はいなかった。

辰五郎は自分が店にいなくてもいいだろうと思い、番頭に出掛けてくると声をかけて、『駿河屋』へ足を向けた。

万福寺橋を渡って、すぐ右手に見える白魚橋《しらうおばし》をもう一度渡る。そこから材木河岸と本材木町《ほんざいもくちょう》の間の道をずっと真っすぐ行き、元四日市町《もとよっかいちまち》の翁稲荷《おきないなり》が見える角を左に曲がって数町先が万町であった。

万町に入ると、大きく看板に「茶」と書いてある間口が八間（約十四メートル）ある店が目についた。そこが『駿河屋』だった。両隣は乾物問屋と線香問屋で、同じような大きさの問屋であった。

辰五郎は『駿河屋』の暖簾をくぐった。

「いらっしゃいまし」

玄関に入ると、三十代半ばの番頭らしい男が出てきた。小柄で、生真面目そうな顔立ちだ。

「大富町の辰五郎という者です。旦那はいらっしゃいますか」

「あっ、辰五郎さまですか。私はここの番頭をしています茂兵衛《もへえ》でございます。旦那さまはもうしばらくしたら帰ってくると思うのですが」

「そうですか。では、待ちましょう」

「左様でございますか。さあ、奥へどうぞ。お履き物はそのままで」

辰五郎は草履《ぞうり》を脱いで上がると、奥へと続く廊下を突き当たるまで歩いた。

「こちらでお待ちください」

茂兵衛が障子を開けて、中へ通してくれた。

八畳ほどの部屋である。

透かし彫りの欄間《らんま》に、本格的な床の間があって、格式の高さを感じた。

すぐに女中が茶と煙草盆を持ってやって来た。上の階から赤子の泣き声が聞こえてきた。

辰五郎が莨を煙管に詰めて、一服していると、

「失礼します」

彦右衛門がやって来た。

「わざわざ足を運ばせてしまいまして申し訳ございません」

「いいえ。あの声は？」

辰五郎は人差し指を立てた。

「そうです。引き取った子です。ただ、まだ赤子でこれからどんな顔になるかわからないので何とも言えないのですが、倅に似ているような気もするのですけれど」

彦右衛門は困惑したように言った。

「そうですか。彦太郎さんは？」

「いま声をかけたのですぐに来ると思います」

「わかりました。ご子息も彦右衛門さんがいらっしゃると話がしにくいでしょうから、ふたりで話をしてもよろしいですかな」

「ええ、もちろんでございます」

襖が開かれ、二十代半ばの眉《まゆ》の太い凛々《りり》しい男が入ってきて、

「彦太郎でございます」

丁寧に挨拶した。

彦右衛門は目礼をして、部屋を出て行った。

辰五郎が切り出した。

「お話は彦右衛門さんの方からお聞きしました」

「そうでしたか。私はそこまでしなくていいと言ったのですが、父が勝手に」

「まあ、そう言わずにあなたのお話を聞かせてください」

「はあ。父がどのように語ったのかはわかりませんが、楊枝屋で働いている娘との間に出来た子を引き取ることになりまして。父はあのように私の子じゃないのではと疑っているのですが、私はそうは思えないんです。私の子である以上はきちんと金で始

末をつけておかないと後々面倒なことになりかねませんので」

彦太郎が力強く言った。

その言い分は当を得ていると思ったが、彦右衛門が言うように彦太郎は何も疑いもせずに女の言うことを信じている。

「女の名前は？」

「お房です」

「お房とはどこで会ったのですか」

「楊枝屋です」

「場所は浅草《あさくさ》の並木でしたっけ」

「ええ、雷門《かみなりもん》のすぐそばにあります」

「お房さんが目当てでそこに通っていたのですか」

「まあ、そうですね」

彦太郎の声が小さくなった。

「ちなみに、その楊枝屋というのは、ひょっとして？」

辰五郎は彦太郎の目を見た。

「違います」

彦太郎は否定した。

辰五郎の言わんとしていることが理解できたようで、小さく頷いた。楊枝屋と言っても、売春をさせるところもあるという。女とそういう関係になったのであれば、もしやその楊枝屋もそうかと思った。

「ちなみに、何度くらいそういうことがありましたかな」

「二度です」

「たった二度？」

「ええ」

彦太郎は頷いた。

「それだけで自分の子と決めつけるのはあまりに早すぎるのでは？」

「でも、お房に言われたんです。もしかしたら、身ごもったかもしれないと」

「それであなたは？」

「別に産んでも構わないと言いました」

「どうしてです？　妾というわけでもなさそうなのに、そんな女に子を産ませてもいいと思ったのですか」

辰五郎は首を傾げた。

「嫁との間には子どもがいません。いくら頑張っても子どもは出来ません。それなら、お房の子でもいいのではないかと思いました」

「ご妻女は承知しているんですか」

「自分は子どもを産めないからだのようなので、仕方ないと……」

彦太郎は寂しそうに言った。

「そういうことでしたか。でも、彦右衛門さんが言うように、女が何度も金をせびってくるかもしれませんよ」

「その時には追い返しますよ」

「それがあなたに出来ますか」

「ええ」

「いつかも金を無心しに来たそうですね」

「え、まあ……」

「金はどうしたんです」

「少しばかり与えて帰ってもらいました。でも、あの女は親父が思っているような悪い女ではないはずです。親父はもしかしたら間夫《まぶ》がいて、『駿河屋』から金をむしりとろうとしているのではないかと思っているかもしれません。でも、そんなことはないはずです」

彦太郎は頑《かたく》なに信じて止《や》まなかった。

辰五郎は頑固な様子に少し違和感を覚えたが、

「わかりました」

と、答えた。

「辰五郎さんがそのことを調べるのは構いませんが、あまり相手に迷惑をかけないようにお願いします」

彦太郎は頭を下げた。

「心配しないでください。ちゃんと心得ていますから」

辰五郎は優しく声を掛けて立ち上がり、『駿河屋』を辞去した。

三

翌日、朝から雨が降っていた。

雨が青葉をつややかに見せていたが、激しい雨で牢獄長屋の屋根に打ち付ける音が鬱陶《うっとう》しかった。

辰吉はこの日も露店の手伝いに行く約束をしていたが、こんな雨の中、わざわざ深川まで足を運ぶのが億劫《おっくう》だと思っていた。しかし、手元に銭はなく、また賭場に行けばいいが、そう毎回ツキが回ってくるとも限らないし、それにこの間二両も儲けたばかりなので、今日は勝てる気がしなかった。

辰吉は昼前に重い腰を上げて、番傘を持って長屋を出た。

傘が破れかけていて、張り替えないといけない。

田所町、長谷川町《はせがわちょう》、新和泉町《しんいずみちょう》、住吉町《すみよしちょう》を真っすぐ進み竈河岸《へっついがし》に突き当たると、右に曲がり元大坂町《もとおおさかちょう》を通って、かつお河岸に当たった。そのまま、思案橋《しあんばし》の横を通り、堀沿いを行くと小網町三丁目となる。さらに川を越えて、箱崎町《はこざきちょう》になる。

傘を持った人々が、表店《おもてだな》の一軒家の周りを取り囲んでいた。そこは元々海苔《のり》屋があった場所だが、二月前から空き家となっている。なかなか買い手が付かないので、何かいわくつきなのではないかと仲間内でも話していた。

辰吉はなぜ人が集まっているのか気になって、その家に近づいた。

男も女も、年寄りから子どもまで近づいていた。

小さい子などは親に引き留められて、あまり前に行かないように言われていたが、何かを見たいようであった。

「ちょっと、何があったんだい」

辰吉は藤色の着物が目を引く、海老茶色《えびちゃ》の唐傘《からかさ》の女の後ろ姿に声を掛けた。

「ここで殺しがあったらしいの」

女は顔だけを振り向かせた。

紅が鮮やかで、白粉《おしろい》が鼻をくすぐった。

「殺し？　誰が殺されたんだ」

「さあ、私も知り合いじゃないか確かめたいんだけど、なかなか前に進めなくて見られないんだよ」

「そうかい」

辰吉は傘を閉じて、手に短く持ち、

「どいてくれ」

と、人を搔《か》き分けながら、最前列へ進んだ。

雨戸が閉められているが、窓格子から中の様子を窺《うかが》った。

薄暗く、提灯《ちょうちん》の灯《あか》りが点《つ》いていて、五十過ぎの禿頭《とくとう》で小太り、白地に太い黒の縞模様の袷を着た岡っ引きと豚鼻の手下が、血まみれで倒れている男の死体を囲っていた。

岡っ引きは箱崎町の繁蔵《しげぞう》であった。強引な探索の仕方や、何かやましいことがある人間に黙って見逃すからと金を巻き上げるという悪名を聞いたことがある。

「おい、こいつは誰だったっけな」

繁蔵が血まみれの男を指した。

「どっかで見たことあるんですが……」

手下は思い出せないのが腹立たしそうな顔をしていた。

死体は辰吉に背を向けて倒れていたが、繁蔵があらゆる角度から確認するためか、顎《あご》を持って顔を動かした。

その時、辰吉の方に死体の顔が向いた。

「あっ！　彦三郎」

辰吉は思わず声があがった。

繁蔵と手下は辰吉を振り向いた。

「おい、いま彦三郎って言いやがったのは誰だ」

繁蔵が格子に近づいてきて、

「おめえか」

「あっしです」

辰吉は手を小さく挙げた。

「ちょっと中に入れ」

辰吉は中に入った。

血のにおいが漂ってきた。死体の腹部にはいくつかの刺し傷があった。辰吉は行き倒れは見たことはあるが、殺された死体をまじまじと見るのは初めてだった。

「やはり、彦三郎です」

辰吉は言い切った。

「そうだ、親分。万町の茶問屋の『駿河屋』の次男坊ですよ。たしか勘当されていて、色んな賭場に顔を見せているはずです」

豚鼻の手下が言った。

「すぐに『駿河屋』の者を連れてこい」

繁蔵が指示した。

豚鼻はすぐに外に飛び出した。

四半刻《しはんとき》（三十分）後、野次馬の中から豚鼻が三十代半ばの男を連れて戻ってきた。

それまで、辰吉は繁蔵と話すことなく、ただ死体のそばで立って待っていた。一体、誰が彦三郎を殺したというのだろうか。辰吉にも喧嘩を吹っかけてきたくらいの男であるから、きっと方々で似たようなことをしているのだろう。ただ、彦三郎は体が大きくないし、まして鍛えているようでもない。おそらく、この間のように誰かと一緒でなければ、喧嘩をしても勝てないだろう。

「このひとが『駿河屋』の番頭だそうです」

豚鼻が繁蔵に言う。

「私は日本橋万町の『駿河屋』の番頭で、茂兵衛という者です」

後ろにいた小柄な男が軽く頭を下げ、眉をひそめて死体を見た。

「どうだ」

繁蔵がきいた。

「彦三郎さんです」

茂兵衛は険しい顔で言った。

「彦三郎っていうのは、どんな野郎だ」

「『駿河屋』の旦那さまのご次男でございます。去年の冬に勘当されておりました」

「何かやらかしたのか」

「金遣いが荒《あろ》うございました。旦那さまが小遣いを与えないようにすると、方々で『駿河屋』の名を騙《かた》って金を集めていました。度が過ぎていましたから、家の名を汚すことが出来ないということで、旦那さまは泣く泣く……」

「じゃあ、こいつといま親しくしている奴《やつ》は『駿河屋』にいねえな」

「はい。おりません」

「それでも思い当たることはねえか」

「いえ」

「そうか。まあ、調べればすぐに出てくるだろう」

「ご遺体はどうすればいいんでしょうか」

「検死が終わったら引き取らせる。それまで待て」

「はい。わかりました」

茂兵衛は暗い表情で出て行った。

「親分、あっしはもう行ってもいいですか？」

辰吉が声をかけた。

「なんだおめえ、まだいたのか」

繁蔵は冷たい目を向けた。

辰吉は露店の手伝いのことを思い出し、雨の中を駆けだした。ちょうど、同心の赤塚新左衛門がやって来るのとすれ違った。

翌日、雨は上がり、快晴だった。

牛込《うしごめ》の隠居の家からの仕事帰りで、長屋の近くまで戻ってきた。仕事は刀剣の目利きである。滝川丈右衛門に刀剣の目利きも仕込まれた。

以前、刀剣集めが道楽の牛込の隠居のために刀剣の目利きをしたら、それ以来懇意にしてくれて、時折頼まれるようになった。これといって仕事に就かない辰吉は、少しでも小遣いになるなら有難く思っていた。

日向《ひなた》で眠る猫が辰吉を見ると起きだし、ひょいと『一柳』の塀に飛び乗った。そのまま隣の杵屋小鈴の家に抜けて行った。

小鈴の家からは三味線の音がきこえてくる。

鷺娘《さぎむすめ》であった。恋の思いに苦しむ娘を白鷺の姿に重ね合わせた舞踊曲である。

辰吉は思わず足が向かい、庭に入り込んだ。縁側の障子が少しばかり開いていたので覗いた。小鈴が弟子と向かい合って、三味線を弾いていた。

辰吉は小鈴の顔を見つめていた。

きりっとした目つきと、ぽてっとした艶《あで》やかな唇が、やけに色っぽかった。

やがて、三味線の音が止んだ。

「今日はこれまで」

「師匠、ありがとうございました」

弟子が三味線を置いて、礼を言った。

小鈴が立ち上がろうとして、

「誰だい、そこで覗いているのは」

庭に目を向けた。

「すみません」

辰吉は縁側まで進んだ。

「また、辰吉さんか。私の弟子を狙《ねら》っているのかい」

「いえ、そんなんじゃありませんよ。あまりに良い音色だったから、寄ってみたんです」

「お前さんは顔がいいから、まだ若い娘の弟子が惚《ほ》れちまうんだよ。わたしは男女の付き合いにうるさいので、あの師匠なら娘を遣っても安心だということで、親御さんたちは通わせてくれているんだよ。だから、顔を出して弟子に変な気を起こさせちゃ困るんだ」

いつもの小言をくらった。

「本当に師匠の三味線が好きだから来ているんですよ」

「そうかい。まあ、変なことさえなければいいんだ」

「ちょっと、上がってもよろしいですか」

「どうしてだい」

「妹が世話になっているって聞いたんで」

「妹？」

小鈴は知らないようだ。

「最近、入った凜です」

「え？　お凜ちゃんがお前の妹なのかい」

「そうです」

「兄妹でも似ていないものだね」

小鈴は冷めた口調で言った。

「まあ、とにかく中へ上がらせてもらいますよ」

「ちょっと……」

辰吉は小鈴の返事を聞かずに、縁側から中へ入り、見台の前に座った。

「そこは稽古で座る場所だからどきなよ」

「すみません」

辰吉は少し離れたところに座った。

「次のお弟子さんはまだ来ないんでしょう」

「もうじき来るよ」

「凜は？」

「今日は来ないよ」

「そうですか。あいつの腕はどうですか」

辰吉は次から次へときいた。

小鈴が適当に返事をしていても、あまり気にならなかった。

「仕込めばよくなりそうだよ」

「本当ですか？　そういう芸の腕っていうのは、血で繋《つな》がっているものなんですかね」

「さあ、どうだろうね」

「俺も師匠に習おうかな」

「冗談言っちゃいけない。私はまともに習う弟子しか取らないことにしているんだ」

「まともに習うつもりですよ」

「お前がかい？」

小鈴は目を細めて、疑う素振りをしながら、

「嘘だね。私を口説き落としたいだけだろう」

と、決めつけるように言った。

「な、な、なにを言うんです」

辰吉は言葉がつかえてしまった。

「顔に書いてあるよ」

そういう口調もどこかきつい。

しかし、辰吉は小鈴は頑固で、気難しくて、素直に心を口に出来ない性質だから、あえてきつい言い方をするのだと、勝手に思い込んでいた。

「無駄だよ。わたしゃ、男なんてどうでもいいんだ。何人も口説いてきたがね、一度もなびいたことがありませんよ」

小鈴がぴしっと言った。

「本当にそんなんじゃねえんです！」

辰吉はむきになって言った。

「そういえば、お前さん。気を付けた方がいいよ」

小鈴は思い出したように言った。

「え？　何をです」

「箱崎町の親分がお前のことを聞きにここに来たよ」

「え？　繁蔵親分が」

「何かやらかしたんじゃないだろうね」

「昨日、小網町で殺しがあったのですが、その時にたまたま通りかかって死んでいる男を知っていたもので。おそらく、その話をききたいんじゃないでしょうかね」

「そうかねえ。お前のことを疑っているようにも思えたけど」

「でも、何もやらかしていませんよ。それに、ここらで何かしたら忠次親分が動くはずじゃないですか」

「まあ、そうだね」

小鈴は何か引っかかるようであった。

繁蔵が自分のことを調べ回っているのは気味が悪かった。

「あの親分は強引だからね。お前さんも万が一のことを考えて気を付けたほうがいいよ」

小鈴は三味線を手に取り、音を合わせながら言った。

「失礼します」

格子戸が開く音と若い娘の声がした。

「さあ、稽古だから帰っておくれ」

小鈴が言った。

辰吉は仕方なく立ち上がって、縁側に出る前に小鈴を振り向いた。

小鈴はつんとしていたままだった。

やっぱり、良い女だと思った。


陽《ひ》が暮れかかっていた。

本石町《ほんこくちょう》の鐘がゴーンと六回、低く響くと共に、遠くで烏の鳴き声がした。

辰吉は手ぬぐいを持って、銭湯へ行こうと路地木戸をくぐった。

「おい」

いきなり、肩に太い手が伸びてきた。

振り向くと、箱崎町の繁蔵だった。手下の豚鼻の男もいた。

「辰吉、昨日のことで話があるんだ」

「昨日のこと？」

「ここじゃ、ちょっと話がしにくい。自身番に来い」

繁蔵の声に凄みがあった。まだがっちりと辰吉の肩を摑んでいて、手放す気配はない。辰吉は嫌な予感がした。繁蔵に睨《にら》まれたら、どんなことでも自白させられると、聞いたことがあった。

「いったい、どんな話です」

「とにかく、来るんだ」

繁蔵の手の力が強くなった。辰吉はわざと肩を透かした。すると、繁蔵の手がほどけた。

「逆らう気か」

「別に逆らうつもりはありませんが、勘弁願います」

辰吉は頭を下げた。

「やっぱし、怪しいな」

繁蔵と豚鼻が目を合わせた。

「親分は俺のことを疑っているんですか」

「彦三郎と揉《も》めていたそうだな」

「俺は殺《や》っていませんよ」

「調べりゃわかることだ。ちょっと来い」

辰吉は近くの自身番に連れて行かれた。

奥の三畳の板間に座らせられ、

「おまえ、彦三郎と金のことで揉めていたことはわかっているんだ。彦三郎ともみ合いになったこともわかってる」

繁蔵が決めつけた。

「もし、あっしが殺したんだったら、わざわざ死体が彦三郎って教えませんよ」

「それがお前のずる賢いとこだ」

「冗談じゃねえ」

「おめえ、あの日どこにいた」

「家にいました。それから仕事に行く途中であそこを通りかかりました」

「仕事へ行くにしては随分遅いじゃねえか」

「雨が降っていたので」

「そんな言い訳が通用すると思っているのか」

「本当なんです」

「まあ、いい。彦三郎とは金のことで揉めていたそうだが、わけは何だ？」

「……」

辰吉は口を開きかけたものの、賭場のことは言えないので、うまい言葉が出てこなかった。

「言えねえのなら、大番屋できくしかねえ」

辰吉は自身番から引き出され、材木町の大番屋に連れていかれることになった。

大番屋へ行ったら、殴ったり蹴ったりして、無理やり自白させようとするだろう。

逃げるしかないと思った。

隙を窺いながら歩いていて、かつお河岸に差し掛かった時、辰吉は腕を摑んでいる豚鼻を突きとばした。

「あっ」

と、豚鼻が声を上げた。

辰吉は駆け出した。

「待て！」

繁蔵が追いかけてきた。

辰吉はがむしゃらに走った。

夜も深まっていた。

辰吉は本郷《ほんごう》辺りの見知らぬ寺の境内で休んでいた。

暗くなってから長屋に様子を見に行ったが、繁蔵の手が回っていた。その時に、気づかれて、また逃げた。

あちこちに繁蔵の手の者の提灯の灯りが見えた。どうして、ここに隠れているのがわかったのだろうか。きっと木戸番か何かが報《しら》せたんだろう。

「おい、こっちだ」

繁蔵の声がして、はっとした。

辰吉は本堂の床下に隠れた。体中があせばんでいて、地べたの土が付いた。

「お前はそっちを探せ、俺はこっちだ」

繁蔵たちはしつこく追いかけてきた。初めは繁蔵と豚鼻のふたりだけであったが、次第に追っ手が増えてきたように思えた。

辰吉は息を殺した。

「辰吉らしい男がこの寺に駆け込んだのを見ていたって」

「境内にいないとなると、本堂かもしれませんね」

しばらくすると、

「念のために本堂の床下も探してみよう」

提灯の灯りが照らされた。

辰吉は慌てて奥に這《は》って逃げて、柱の陰に隠れた。

「どうだ?」

「いません」

提灯の灯りが消え、足音は遠くへ駆けていった。

辰吉はヤモリのような恰好《かっこう》をしながら這いつくばって、床下を抜け出た。

木々が風に揺れて、ガサガサと音を立てていた。

人の気配はしない。

左右を警戒しながら境内を抜けて、山門をくぐり出た。

通りの向こう側には、大きな赤門が見える。加賀前田《かがまえだ》家の上屋敷に違いない。

屋敷の塀に沿って歩いた。

左右に武家屋敷が連なる坂を下ると湯島天神が見えた。

辰吉は湯島天神の境内を通り、男坂を下った。この辺りは同朋町《どうぼうちょう》という。以前、知り合いが住んでいたので、何度か来たことがあった。町内はしんとしている。

一町ほど先に屋台の灯りが見えた。

屋台に引き込まれるように足を進めると、醤油《しょうゆ》だしのいい匂《にお》いが漂ってきた。

看板に二八と書いてあり、五十過ぎの職人風で背の高い男が蕎麦《そば》を啜《すす》っていた。辰吉は屋台の前に立った。

辰吉の腹の音が鳴った。袖に手を入れて銭があるか確かめると、小銭があった。それを出して、手の平で広げてみると全部で十五文。

「どうしよう」

思わず口にでた。

「食べるんですか？」

暗い顔の中年の店主がぶっきら棒にきいた。

「ちょっと待ってくれ」

辰吉はもう一度袖に手を入れて、銭がないか探した。

店主は冷たい目で辰吉を見ていた。

すると、蕎麦を食べていた職人風の男が顔を辰吉に向けて、

「若いの」

と、声をかけてきた。

「はい？」

「腹が減っているんだろう」

「そうですけど……」

「金がねえのか」

「いいえ……」

「なんだ正直に言え。金がないなら俺が食わせてやる」

男はそう言って、十六文を財布から取り出した。

「ちょっと待って下さい」

「なんだ?」

「だって、見ず知らずの者に」

「若い者が何も食べられないでいるのが可哀想《かわいそう》で仕方ねえ」

男は店主に十六文を渡した。

店主は何も言わずに受け取ると、蒸籠《せいろ》の中から蕎麦を丼《どんぶり》に入れ、その上から汁をかけて、辰吉の前に出した。

「おやっさん、いいんですかい」

「おう、喰え」

「ありがとうございます」

辰吉は軽く頭を下げて、箸《はし》で蕎麦を持ち上げて夢中で食べ始めた。

「まるで親の仇《かたき》にでも会ったように食うんじゃねえ」

男が苦笑いした。

「土まみれだな。どうしたんだ？」

「ちょっと」

「どこかに泥棒にでも入ったか」

男は軽く言った。

「冗談言っちゃいけませんよ。あっしはそんな悪党じゃありません」

「冗談だ。でも、何があったんだ」

「ちょっと、追われていまして」

「誰に？」

「……」

辰吉は答えず、蕎麦を啜った。

「喧嘩か？」

「いえ」

「じゃあ、何だって言うんだ」

　男はお節介なのか、色んなことをきいてくる。

「あっしがやってもいないことを疑われているんです。それで、捕まったら無理やりにでも白状させられそうで」

「そうか。でも、逃げていたら余計に怪しまれるぞ」

「それもそうですが」

　辰吉にはわかっていた。しかし、だからと言って、他にどうすればいいのかがわからない。いつの間にか丼に入った蕎麦はなくなって、汁だけになっていた。辰吉は丼を口に持っていき、仰ぐように汁を飲み干した。

　男は何か考えるような顔をして、

「行くところがなければ、うちへこい」

「おやっさんのところへ？」

「すぐ近くだ」

「でも、迷惑でしょう。おかみさんの許しがないのに」

「かかあは十数年前に倅と一緒に出て行ったきりだ。倅がお前と同じ年くらいになるかな。若い者を見ると、俺も倅のことを思い出すんだ」

　男は目くばせをして、「行くぞ」と合図した。

辰吉はまだ付いて行くと言っていないのに、男は先に立った。辰吉にしてみればありがたいことだ。この男に甘えることにした。

ふたりは近くの長屋の路地木戸をくぐった。

「ところで、名前は何て言うんだ」

「辰吉です」

「俺は信蔵《しんぞう》だ。ここが家だ」

五軒長屋の一番奥の家に入った。土間にへっついと流し台があり、四畳半は独り身の男の部屋とは思えないほどきれいに片付けられていて、大工道具や火鉢が箪笥《たんす》の横に並べられていた。

信蔵は壁にかかった半纏《はんてん》が曲がっているのに気づいて直した。

「まあ、座れ」

「はい」

信蔵は胡坐をかいた。

「岡っ引きに追われているのか」

「そうなんです」

「この辺の岡っ引きか」

「いえ、日本橋箱崎町の繁蔵親分です」

「箱崎町の親分か。それはちと難しいなあ」

信蔵は首を捻《ひね》った。

「繁蔵親分のことをご存知《ぞんじ》ですか」

辰吉はきいた。

「噂はきいている。かなり強引な男らしいな。ちょっと仕事で伺った店が繁蔵に目を付けられて、だいぶ金を絞り取られているみたいだ。別にその店は悪いことをしていないんだ。ただ、ここで商売するには色々面倒なことも起こるだろうから、その時にはすぐに駆け付けてやるっていう名目で金をせびりとっているんだとよ。それで、金を払わないときには毎日のように顔を出す」

「ひでえ話ですね」

「まあ、岡っ引きなんてそんなもんだ」

「ほんと、そうですね」

「だが、辰五郎親分だけは違ったたな」

「え、辰五郎親分？」

「その親分に助けを求めれば、何とかなったかもしれない。だが、もう岡っ引きをやめているんだ。そうだなあ、同心のところにすぐに名乗り出た方がいい」

信蔵が思いついたように言った。

「八丁堀ですか？」

「そう、同心のお屋敷だよ。そこに行って、自分はこういうことで疑われていますと名乗り出た方がいい。同心は誤って無実の者を捕まえたらお仕置きを受けるんだから、ちゃんと調べて話をきいてくれるだろう」

「たしかに、そうですね」

「そうした方が良い。ずっと逃げ回っていちゃ、お前がますます不利になるだけだ」

信蔵は諭すように言った。

これからずっと逃げているわけにもいかない。信蔵の言う通りにした方がよさそうだ。

「わかりました。そうします」

辰吉は答えた。

「それで決まりだ」

信蔵は誇らしげな顔をして言った。

「ところで、信蔵さんの息子さんは何をしているんですか」

「さあ、もう十何年も会っていねえからわからねえ。もしかしたら、道端でばったり会っても、お互い気づかないかもな。でも、力士になったという風の噂を聞いたんだ。この前回向院《えこういん》に相撲を見に行ったときに、探したけどわからなかった。会ったら一緒に酒でも呑《の》みてえと思っているんだがな」

信蔵は遠い目をした。

「じゃあ、あっしが会わせてやりましょう」

「え？　お前が？」

「蕎麦のお礼です」

「そうか。倅は信吉《しんきち》って言うんだが、まずは自分の疑いを晴らさなくちゃいけねえぞ」

「はい」

「その後に暇があったら探してくれ」

信蔵はそう言うと、奥のついたてから布団を取り出した。

「さあ、もう寝るぞ。辰吉、これしかないけど、ふたりで入れるか」

信蔵が布団の半分を空けてくれた。

「いいえ、眠りの邪魔をしてしまいますんで、俺は布団がなくても平気ですよ」

「そうか？」

辰吉は畳の上で横になった。色々なことを思い返して目が冴《さ》えて寝付けなかったが、いつの間にか眠りについた。

四

翌日の昼四つ頃であった。

辰五郎はお房のことで、浅草に来ていた。

四月八日は灌仏会《かんぶつえ》で、多くの寺でお祝い事があった。寛永寺《かんえいじ》、増上寺《ぞうじょうじ》、本所回向院、弥勒寺《みろくじ》、大塚《おおつか》護国寺《ごこくじ》、牛込済松寺《さいしょうじ》、小《こ》石川《いしかわ》伝通院《でんづういん》などが大きく灌仏会を催していた。浅草寺も当然灌仏会なので大賑わいだった。

雷門の前の並木には飲食店や商店が並んでいた。

その中でも、少し脇に入ったところに小さな店構えの楊枝屋があった。

店の前では、華奢《きゃしゃ》な女が色っぽい声を出して、呼び込みをしていた。男たちはふと足を止めて、好奇の目を向けて通り過ぎる者もいれば、中に入って行く者もいた。

華奢な女は辰五郎にも、

「そこの旦那もいかがです？」

と、声をかけてきた。

「お房さんに会いに来たんだ」

「お房ちゃん？　もうとっくにやめてしまいましたよ」

「どこへ行ったかもわからないか」

辰五郎はきいた。

「旦那さまなら知っているかもしれません」

「旦那はどこに？」

「中で楊枝を作っているはずですよ」

華奢な女が教えてくれた。

辰五郎は店に入った。

「いらっしゃいまし」

五十過ぎの小太りの男が木を小刀で削りながら出迎えた。細く削った爪楊枝は、男の横の箱に入れられて並べられていた。それ以外にも柳の棒の先を叩いて房状にした房楊枝も売っていた。

到底ここで売春が行われていようとは思えなかった。

「お前さんがこちらの旦那ですか」

「ええ、そうですが」

主人は警戒した目になった。

もしや、岡っ引きのときのような鋭い目つきにでもなったのだろうか。

辰五郎は意識して柔らかい表情をつくり、

「お房さんを探しているんです」

「ああ、お房のことですか」

主人は安心したように言った。

「もう辞めたとききましたが」

「一年前に辞めたんですよ」

「一年前？　どこか別に働き口が出来たんでしょうか？」

「さあ、何にも言っていなかったですね。まあ、こういうところの女はみんなそうですよ。素性がわからない子が多いですからね」

「住まいはどこだった？」

「ここにいた時は裏の長屋に住んでいましたけど、出て行ったきりわかりません」

「そうですか。深い付き合いの客はいましたか」

「さあ、そこまでは……」

「ちなみに、彦太郎という客は知っていますか」

「私はあんまり立ち入らないようにしているんで」

主人は意味ありげに苦笑いした。

その時、店の間の後ろの襖が開いて、男女が出てきた。

「じゃあ、また来てね」

女が猫なで声で言った。

「おう」

出てきた男は鼻の下を伸ばしていた。

「奥で何しているんです？」

辰五郎がきいた。

「お客さん、変なこと考えないでください。お茶のみながら話しているだけですよ」

主人は軽い笑みを浮かべて言った。

「そうですか。誰かお房さんと仲の良かった子は？」

辰五郎は答えた。

「お房とね……、あの子はあまり人と関《かか》わらない子でねえ」

これ以上きけなそうなので店を出た。

さっきの華奢な女が呼び込みを続けていた。

「お房ちゃんのこと、わかりました？」

「まったく。お前さんは、お房が親しかった男を知っているか」

「かなりもてたのでお客さんが多かったけど、隠れて付き合っている男がいたようです」

「彦太郎という名はきいたことあるか」

「いえ」

「お房がどこに住んでいるかは知っているか」

「知りません」

「そうか」

辰五郎が肩を落とすと、

「あ、そういえば、最近『大丸屋《だいまるや》』でお房ちゃんが買い物したのを見たっていうお客さんがいました」

「あんな高い店に？」

「お房ちゃんは着物とか簪《かんざし》とか金のかかる物が好きで、よく客にも買わせていたそうですよ」

「ありがとう」

と女に頭を下げて、辰五郎は大伝馬町に向けて歩き出した。

『大丸屋』は『越後屋《えちごや》』、『白木屋《しろきや》』と並ぶ江戸三大呉服屋のひとつである。

元々は京都にあった店だったが、寛保《かんぽう》三年（一七四三）に『大丸屋江戸店《だな》』を大伝馬町三丁目に開いた。

辰五郎は雷門から真っすぐに御蔵前《おくらまえ》を通って、浅草橋を渡り、さらに道なりに進み、龍閑川《りゅうかんがわ》にかかる蔵馬橋《くらまばし》を渡った。牢屋敷が右手に見える角を左に曲がると、丸に大という字が書かれた赤と青の暖簾が交互に掛けられている大きな店が見えた。

そこが『大丸屋』であった。『越後屋』の始めた「現金掛け値なし」という文句を取り入れて看板に明記していた。

さすが、『大丸屋』であった。次から次へと客がひっきりなしにやって来た。

辰五郎も土間に入った。

すぐ近くにいた若い奉公人に、

「番頭さんはいらっしゃいますか」

「はい。すぐに」

それからしばらくして、四十過ぎの頭の大きい番頭が笑顔でやって来た。

「これは、誰かと思えば大富町の親分ではありませんか」

「いまはただの薬屋だ」

「そうでした。今日は何か？」

「いや、ちょっとききたいのだが、近ごろお房という二十二、三の綺麗な女が来なかったか」

「お房さん。どちらの方でしょうな」

「いや、住まいを知りたいんだ」

「では、ちょっと調べてみましょう」

番頭は一度奥へ戻って行った。

店の間はだだっ広くて、ざっと百畳はあるだろう。

辰五郎は上がり框《がまち》に腰を掛けて反物を遠くから眺めながら待っていた。あの藤色の袷は凜に似合うのじゃないかとか、それならこの帯がいいなど、見ていると面白かった。

やがて、番頭が帳面を持って戻ってきた。

「親分、手代の幸助《こうすけ》が売ったようですが、生憎《あいにく》得意先に届け物にさっき出掛けたばかしなんです」

「そうか。じゃあ、また明日にでも出直す」

「申し訳ございません」

辰五郎は店を出た。


せっかく大伝馬町まで来たのだから、『一柳』にでも顔を出そうかと思った。凜が度々邪魔をしている礼も言いたかった。最後に忠次に会ったのはもう半年くらい前になる。辰吉が近くに住んでいるというが、まさかばったり出くわさないだろうと思いながら『一柳』の前にやって来た。

本石町の鐘が七つを知らせた。

『一柳』の暖簾をくぐった。

「あ、親分」

番頭が声をかけた。

「もう親分じゃねえだろう」

「私にとっては、いつまでも親分ですよ」

「で、忠次は？」

「八丁堀です。旦那もそのことで？」

番頭が心配そうな顔をした。

「そのことっていうのは？」

辰五郎は不思議そうにきいた。

「辰吉のことですよ」

「辰吉？」

「親分、知らないんですか」

「何のことだ」

「辰吉が捕まったんです」

「なに、捕まった？」

辰五郎は、つい大声になった。

「ええ、繁蔵親分に追われていたんですが、今日の朝八丁堀の赤塚さまのところに名乗り出たそうです」

「いったい、何のことで繁蔵に追われていたんだ」

「箱崎町で殺しが起きたんです」

「辰吉に疑いが」

「殺された男との間に揉め事があったようで、繁蔵親分は辰吉を下手人として見ているようなんです」

「そんな馬鹿な」

辰五郎は衝撃を受けた。

繁蔵は強引な男だ。ただ、繁蔵に捕まったのではなく、自ら同心の赤塚新左衛門のところへ名乗り出たというならまだ安心だ。赤塚新左衛門は、自分が岡っ引きだった頃手札を貰っていた同心の息子だ。

「凜が世話になっている礼を言いに来たのだが、これから八丁堀に行ってくる」

辰吉の顔が思い浮かんだ。息子が人を殺すはずがない。いくら喧嘩をしていたとしても、そこまで性根が腐っていないはずだ。

辰五郎は飛び出した。


通油町から八丁堀へ行くには日本橋川を渡らなければいけないが、橋を使って行くと、堀江入濠の親父橋、伊勢町濠《いせちようぼり》の荒和布橋《あらめばし》、江戸橋を渡った後は楓川《もみじがわ》にかかる海賊橋《かいぞくばし》か新場橋《しんばばし》か久安橋《きゆうあんばし》の三橋のいずれかを渡ってかなり大回りしなければならない。

そこで小網河岸の鎧《よろい》の渡しで舟に乗ることにした。三十間をたった一文払えば乗れる。

辰五郎は鎧の渡しから茅場《かやば》河岸へわたり、そこから道を真っすぐ行って町奉行組屋敷の一角にある赤塚新左衛門屋敷の木戸門をくぐった。木戸門といっても、木を立てて板を張り付けただけの簡易なもので、屋敷の造りも武家屋敷というよりも町家に近かった。

門から五、六個の飛び石の上を踏んで玄関に着いた。

辰五郎は声をかけた。

「ごめんください」

玄関のすぐ先に襖があり、そこから大名縞の着物を着流しにした赤塚がいきなり出てきた。まるで自分を待っていたようだった。

赤塚は三十二歳。父親も定町廻り同心だった。辰五郎は赤塚の父親から手札をもらっていたので、赤塚を子どもの頃からよく知っていた。

父のように柔らかな顔立ちで、剣の腕は立つが、少し気弱なところがある。

「お久しぶりでございます」

辰五郎は頭を下げた。

赤塚と会うのは五年ぶりであった。辰五郎が岡っ引きを辞めてからというもの、互いに日本橋と京橋と離れた場所に住んでいることもあって、赤塚を町で見かけることもなかった。

「上がれ」

赤塚が言った。

「はい」

辰五郎は玄関に上がった。赤塚のあとに付いて行くと忠次がいた。

「親分、どうして」

「『一柳』に寄ったら番頭が教えてくれたんだ」

「そうでしたか。辰吉は送りになりました」

「なに」

辰五郎は赤塚を見た。

「俺が入牢証文《じゅろうしょうもん》を取って、さっき小伝馬町に送ってきたんだ」

「旦那！」

「やむをえなかったんだ」

辰五郎は赤塚を睨みつけるようにして、

「何かの間違いじゃございませんか」

と、問い詰めた。

「繁蔵から逃げたからでございますか」

「殺された彦三郎の仲間が繁蔵のところに訴えてきたのだ。辰吉が殺したとな。それに、しかとした証拠があるんだ」

「どんな証拠ですか」

「繁蔵が辰吉の家を探索したところ、彦三郎の印籠が出てきたんだ。それに、彦三郎やその仲間と揉めた時に、次来たらただじゃおかねえぞと叫んだのを近所のかみさんが聞いていた。彦三郎の仲間の四人によれば殺された日に彦三郎が辰吉に会いに行くと言っていたそうだ。さらに、殺しがあった日、辰吉は仕事に遅れてきた。その間、殺しは十分にできた。決定的なのは、辰吉の家から血のついた匕首が見つかったことだ」

「匕首が？」

「そうだ。印籠を見つけたときは気づかなかったが、もう一度家探しをしたら匕首が見つかった」

「うーむ」

辰五郎は唸《うな》ってから、

「辰吉と彦三郎は何で揉めてたんですか」

「金のことだ」

「その彦三郎っていうのはどんな男なんです？」

「『駿河屋』の次男で、勘当された身だ」

辰五郎は、はっとした。

庭からガサガサと音がしたかと思うと、木の間から鳥が飛び出していった。

「あっしも辰吉がやったとは思っていません。きっと、証《あかし》を立ててやります」

忠次が口を挟んだ。

証拠は揃っているように見えるが、何かの間違いだ。きっと、俺が無実を明かしてやると辰五郎は強く誓った。

第二章　牢《ろう》入り

一

小伝馬町牢《ろう》屋敷の庭に夕日が差し込んでいる。入牢《じゆろう》は日暮れに行われるので、牢庭に繋《つな》がれていた。

昼過ぎに同心の赤塚新左衛門に連れられて、辰吉は大番屋を出た。後ろ手に縛られ、縄尻《なわじり》を小者《こもの》にとられている。牢屋敷は通油町のすぐ近くなので、知り合いと出くわすのが心配であったが、運よく知っている顔とは出くわさなかった。

小伝馬町の牢屋敷の表門の前にやって来ると、

「牢入り」

という声と共に門が開いて、牢屋同心が現れた。

辰吉は赤塚のあとに続いて、引き立てられるように表門を入った。

火之番所の前で、赤塚が入牢証文を鍵役《かぎやく》同心に渡した。証文を受け取った同心はざ

っと目を通してから、

「そのほうは新見信濃守殿《しんみしなののかみ》の懸かりにて、名、出所はいずこ？　また、歳《とし》はいくつになる」

と、きいた。新見信濃守は南町奉行《みなみまちぶぎょう》だ。

「辰吉です。通油町清右衛門店《せいえもんだな》、歳は十九でございます」

「よし。間違いなく受け取りました」

鍵役同心が言うと、赤塚と小者は引き上げて行った。

夕方になって、

「入れろ」

と、鍵役同心が声を掛けた。辰吉は牢舎の外鞘《そとざや》に入れられた。

外鞘に入ると、数人の同心たちが待機していた。

鍵役同心が辰吉に向かい、

「御牢内、御法度の品、これあり。まず金銀、刃物……」

と、言った。

辰吉は縄を解かれ、丸裸にさせられた。着物、帯、ふんどし、下駄などを調べられた。

「大牢」

鍵役が叫んだ。

小伝馬町の牢屋敷は、庶民の入る大牢、無宿人の入る二間牢、下級武士や医者などが入る揚り屋、上級武士や高僧、神主などが入る揚り座敷に分かれている。

「へい」

大牢から牢名主の野太い声がした。

大牢は間口五間（約九メートル）、奥行き三間で三十畳ほどの広さである。

「新見信濃守殿の懸かり、通油町清右衛門店。辰吉、十九歳、ひと殺しの一件の者だ」

「おありがとうごぜえます」

牢名主が答える。

「そこで待て」

鍵役同心が言った。

辰吉は着物を抱え、ふんどし一丁のまま、大牢の入り口、留口《とめぐち》が開くのを待った。

太い格子戸の中に、痩《や》せこけて目だけがぎらついている不衛生な恰好《かっこう》の男たちがざっと百人くらい詰めて入れられていた。

辰吉は総毛立った。

奥の方に畳八枚が積み重ねられていた。その上にもみあげから顎《あご》にかけて長い髭《ひげ》を生やした、いくつかわからない男が胡坐《あぐら》をかいて座っていた。その手前の、畳を三枚積み上げた六畳ほどの場所には三人の男が見えた。

やがて、戸が開いた。

「さあ、入れ」

鍵役に追い立てられて、辰吉は牢内に転げ込んだ。

「サア、コイ。サア、コイ」

その掛け声とともに、辰吉の手は引っ張られて、いきなり羽目板で尻《しり》を殴られた。

脳天にまで突き刺すような痛みが走った。

やがて、頬《ほお》にざっくりと大きな傷の縫《ぬ》い痕《あと》のあるざんばら髪の男が叩《たた》いている手を休め、

「お前ツルは？」

ツルとは金のことである。新入りにツルがないと、入牢の際にひどい目に遭う。辰吉にはツルはなかった。

「ありません」

気を利かせて忠次が髷《まげ》に隠してくれたのを、後から繁蔵がわざと奪った。

「命しらずな」

ざんばら髪の男が羽目板で尻を叩いた。

辰吉はカッとなったが、ここでは逆らえないので歯を食いしばって耐えた。

ざんばら髪は何度も何度もまるで虫けらのように羽目板で叩いてくる。

何回叩かれても、辰吉は耐えた。体の至る所に痛みが走る。

「しぶてえ野郎だ」

ざんばら髪が憎々しげに言った。

「もういいだろう」

奥の畳一枚敷いた上に座っている頬が窪《くぼ》んだ眼光の鋭い四十年輩の男がざんばら髪に声をかけ、

「お頭、もう止《や》めてやったらどうです？」

と、八枚の畳の上の男にも声をかけた。

「隅《すみ》の隠居《いんきょ》が言うなら仕方ねえ。もう止めてやんな」

頭が命じた。

やっと辰吉は解放された。

「ここへ座れ」

と、畳三枚を積み上げた前に座らされた。

「名前は」

「辰吉と申します」

「生まれは?」

「京橋大富町でございます」

「どんな罪を犯したのか、その有り体を語ってみやがれ」

「無実の罪で入れられました」

「なに、無実だと?」

「ええ」

「くだらねえ」

牢名主はそう吐き捨て、

「誰《だれ》に捕まったんだ」

「箱崎町の繁蔵親分です」

「あいつか。ここに居る奴《やつ》らでも繁蔵にやられた者はいくらでもいる。でもな、お前が罪を犯していようがいまいがどうでもいい」

「はい……」

辰吉は顔を微動だにさせず答えた。

「おめえはツメの前だ」

ざんばら髪が言った。その指先には厠《かわや》が見えた。

厠と言っても腰の高さくらいにしか板がおいてなく、顔が丸見えだった。

辰吉がその近くに座ると、強烈なにおいがした。

「次」

ざんばら髪は声を上げた。

続いて、辰吉と一緒に牢に入った体格のいい髭面の男が同じように牢名主の前に正座して、

「勘助《かんすけ》といいます。生まれは総州佐倉《そうしゅうさくら》、人を三人殺してまいりやした」

と、頭を深々と下げた。

「三人か。大したものだ。それでツルは？」

「この通り」

男は肛門《こうもん》から銭をふたつ取り出した。

「汚ねえな。よし向こうに行け」

「ありがとうございます」

勘助はペコペコして、自分に与えられた場所に赴いた。

夜中になった。畳一枚に五人が膝《ひざ》を抱えながら横になっている。慣れていない姿勢や、ツメの悪臭もあって、なかなか眠れなかった。

辰吉は八丁堀の赤塚新左衛門を頼れば助かると思ったのに、すでに繁蔵は赤塚に手を廻《まわ》していた。

横にいる太った色白の男がもたれかかってきた。辰吉は動こうにも動けなかった。

やがて、どこからかいびきが聞こえた。はじめはスーという音だったが、やがてガーという耳障りなものになっていた。

「うるせえ」

突然、誰かの声がした。

いびきが止んだ。

しばらくすると、再びいびきが始まった。

そのうち、ごそごそと物音がした。辰吉は暗闇《くらやみ》の中で何をやっているのだろうと不思議に思った。

やがて、いびきも聞こえなくなった。

辰吉は少し気になっていたが、やっと眠りについた。

翌朝、拍子木の音で目を覚ました。鞘《さや》の方から灯《あか》りが差してきた。ツメの前に横たわっている男が見えた。

牢屋同心が回って来た。

牢役人のひとりが格子へ近づいた。

「実は昨日の夜あの野郎が急に頭が痛いと言い出しまして、それで今朝になってみたら息絶えているんです」

「そうか」

牢屋同心は何事もなかったように答えた。やがて、牢屋医師が入って来た。牢役人のひとりが、銭を渡しているようだった。

「病死だ」

牢屋医師はそう言って出ていった。

下男がやって来て、死体を運んでいった。

(殺されたんだ)

辰吉は愕然《がくぜん》とした。

二

辰五郎の寝覚めは悪かった。辰吉の首が斬《き》り落とされる夢を見た。

再び布団に入り、眠ろうと試みても、妙な胸騒ぎがしてなかなか寝付けない。

あんな親不孝で馬鹿な奴でも俺《おれ》の子だ。

辰吉が家を出たのは三年前だ。

妻が危篤の時、辰五郎には追っている男がいた。その男を逃がさないために、妻を看取《みと》ることが出来なかった。辰吉と凜はそのことを恨んでいた。しばらくはふたりとも口をきいてくれず、凜はやがて心を開いてくれるようになったが、辰吉はそれ以来歯向かうようになった。

明け六つ（午前六時）の鐘が鳴った。

外の浅蜊河岸《がし》からは漁師たちの声がきこえてきた。

辰五郎は家にこもっていても、深く考えすぎてしまうだけだと思い、着替えを済ませると番頭宛《あ》ての手紙を書き、それを帳場に置いてから外に出た。

いつもは朝晩が涼しいが、今日は暖かかった。

町角には楓《かえで》がえんじ色の小さな花を開かせていた。暖かい風に乗って、においが漂ってきた。

「親分、おはようございます」

目の前から歩いてきた魚屋の善太郎に声をかけられて、辰五郎は足を止めた。

辰五郎は善太郎の素直なところが好きで、昔からよく魚を買っている。善太郎は辰吉が家出をする前から、同じ年ということもあってか話が合うようで仲が良かった。

もしかしたら、善太郎は辰吉のことで何か知っているかもしれない。

「辰吉のことなんだが、何か聞いていないか」

「辰吉さんがひとを殺すなんて信じられません。ただ、ちょっと気になることがあるんです」

「なんだ？」

「この間、初鰹《はつがつお》を買ってくれたんですが」

「初鰹？」

辰五郎が口を挟んだ。

「ええ、本当は『百山』さんが買って下さるはずだったものなんですが、急に買わないと言われて困っていたところ、辰吉さんが買って下さって」

「初鰹は高いだろう?」

「二両でした」

「辰吉にそんな金があったのか?」

「いえ、夜まで待ってと言われました。その日の夜にはちゃんと二両頂いたんです。辰吉さんが誰かと揉《も》めているというのを聞いたのはそれからです。もしかしたら、初鰹のために何かしたのではないかと考えてもみたのですが……」

善太郎は沈んだ声で言った。

二両の金。まともに働いて、すぐに手に入るはずがない。

誰かから借りたのか。しかし、そう簡単に貸してくれる人もいないだろう。

博打《ばくち》かと思った。

辰吉は家出をする前から博打を覚えていたようだ。博打というのは、場で朽ちると言って、惨めになるだけだから止めておけと注意したのだが、まったく辰吉の心には響いていなかった。

「揉めていたのは彦三郎って奴か」

「たぶん、そうだと思います。でも、相手はひとりではないようです」

「何人いるんだ」

「そこまではわかりません。ただ、辰吉さんが一度彦三郎という男に襲われて、その後、小網神社で彦三郎が仲間を数名連れて襲ってきたというのを聞いたんです」

「それで、辰吉はどうなったんだ」

「いとも簡単に打ち負かせたそうですよ。その時の話をさも得意そうに語ってくれたのを覚えています」

「そうか」

昔から喧嘩《けんか》に強い辰吉なら複数の男を相手にしても負けないだろう。しかし、喧嘩に負けたら逆恨みをして殺すというのも……。

「その男たちとは金のことで揉めていると聞かなかったか？」

「いえ、わかりません」

善太郎は首を横に振った。

「足をとめてすまなかったな。またいい魚があったら家へもってきてくれ」

辰五郎はそう告げて、足を進めた。

陽《ひ》がさっきよりだいぶ上がっていた。

どこからか、元気な子どもの声がする。道端には店の奉公人が箒《ほうき》を持って掃除しており、ぼて振りが天秤《てんびん》を担いで売り歩く。いつもの朝の景色であった。

辰五郎は京橋を渡った。そのまま南伝馬町《みなみでんまちょう》の目抜き通りを進み、日本橋を渡る。室《むろ》町《まち》、本町《ほんちょう》、本石町から回り、小伝馬町の牢屋敷の前に来た。

ここに辰吉が閉じ込められている。

辰五郎は頷《うなず》くともため息をつくともつかず、牢屋敷を見つめていた。

「辰五郎」

牢屋敷の顔なじみの門番が話しかけてきた。

「残念なことになったな」

心配そうに辰五郎の顔を窺《うかが》っていた。

「辰吉は殺していませんよ」

辰五郎は鋭い目つきになった。

門番は頷き、

「うん、何かの間違いだ」

もうじき吟味《ぎんみ》方与力《かたよりき》の詮議《せんぎ》が始まる。それまでに何とか辰吉が殺していないことの証《あかし》を探さなければならないと思った。それには、もう岡《おか》っ引《ぴ》きの身を引いてしまった自分の力だけでは無理だろう。やはり、忠次の助けが必要だ。

忠次は繁蔵と同じ同心赤塚新左衛門の元で手札を貰《もら》っている。大先輩である繁蔵にはなかなか意見しづらいはずだ。もし繁蔵の言うことにケチをつけるようなことをすれば、後でどんな嫌がらせをされるかわからない。

それを承知だが、辰五郎は忠次を頼らなくては、辰吉の命さえ危ういと焦りを感じている。

辰五郎は牢屋敷から離れて、『一柳』に向かった。

『一柳』まではすぐだった。

料理茶屋の朝は外から見れば微動だにしていないが、中では仕込みやらなにやらで忙しいのだろう。とくに、帳場を任されている平六《へいろく》は前日の売り上げの帳面をつけ、料理人は仕込みを始める。

建物の周りには板塀が張り巡らされていて、辰五郎は回りこんで裏口をくぐった。

裏庭に初夏のにおいが立ち込めていた。青々と繁《しげ》った木々の間から蚊が出てきて、辰五郎の周りを飛び回っていた。

辰五郎は足早に勝手口に入り、

「誰か」

と、声をかけた。

「はーい」

女の声がしたかと思うと、すぐに年増《としま》の女中がやって来た。

「辰五郎さん」

「忠次は？」

「いま食事が終わったところなんです」

「上がらせてもらうよ」

辰五郎は女中のあとについて、奥の部屋へ進んだ。

襖《ふすま》は開いていた。

忠次が煙草盆《たばこぼん》の前で煙管《きせる》を持っていた。

辰吉が部屋に足を踏み入れると、

「親分」

忠次は姿勢を正した。

「いや、そのままで」

辰五郎は忠次と向かいあって座った。

「辰吉は多分賭場《とば》で彦三郎と揉め事を起こしたんじゃないかと思う。だから、口に出来なかったんだろう」

「賭場ですか。やはり……」

「心当たりがあるのか」

「いえ、どこの賭場かはわからないですが、辰吉が出入りしているのは感づいていました。あっしが止めておけばこんなことにもならなかったですね」

「お前のせいじゃない」

「どこの賭場に出入りしたかだけでも調べてくれねえか」

辰五郎は頼んだ。

忠次は整った顔にどこか思案のあるような表情を浮かべ、

「わかりました。お任せください」

と、低い声で言った。

あの時と同じような目つきであった。妻が病気で臥《ふ》していて、それでも追っている盗《ぬす》っ人《と》に迫っていたときに、

「親分、わたしにお任せください。必ず捕まえてみせます」

と、言ったときの目と変わらなかった。

「馬鹿野郎。俺は岡っ引きだ。悪い奴は許せねえんだ」

そう言い返したが、

「もう最期かもしれないというのに、最期に一目見ることさえできなければ悔いが残りますよ。親分の気持ちは十分わかります。でも、どうか家族のところへ行ってあげてください」

「それは出来ねえ。奴を俺がこの手で捕まえたいんだ」

「お願いです」

探索しながら、そんな話になった。辰五郎は強気なことを言っていたが、本当は女房のことを一番に考えていた。死ぬ前に何か言葉をかけてやりたいと思っていたのだが、探索を優先してしまった。早く捕まえて、これ以上の被害を食い止めようと思っていた。

男を捕まえたあと家に帰ったが、女房は息を引き取ったあとだった。

「家族より仕事が大切なのね」

という凛の言葉は忘れられない。

辰吉が自分に反抗するようになったのは、やはりその時からだ。

廊下を伝う足音が近づいてきた。

「失礼します」

襖が開くと、番頭が入って来た。

辰五郎は番頭に目を遣《や》った。

「どうした？」

忠次がきいた。

「親分が来ていると聞いたので、お耳に入れておかなければと思いまして」

番頭は畏《かしこ》まって、辰五郎を見た。

辰五郎は体を番頭に向けて、

「なんだ？」

「彦三郎が殺される二日前だったと思います。実は辰吉が寶田恵比寿神社で襲われたんです」

「ん？　小網神社ときいたが」

「おそらく、また別に襲われたんでしょう。その時には、お凛ちゃんも一緒にいました。辰吉はお凛ちゃんを逃がして、相手と戦ったみたいです。お凛ちゃんがうちに駆け込んできましたよ」

番頭が早口で言った。

「そんなことがあったのか」

忠次が驚いたように言った。

「辰吉が揉め事をおこしたとなれば、旦那にまた小言をくらうだろうと変に気を廻して黙っていました。申し訳ありません」

番頭は頭を下げて、再び辰五郎に向き直った。

凜もそんなことは言っていなかった。それも自分を心配させないためなのだろうかと思った。

「ちょっと、凜にも事情をきいてみる」

「はい。私はその男たちを見ていなかったのですが、お凜ちゃんは見ているはずですので、何かの手掛かりになるかもしれません」

番頭はそれだけ言うと、「失礼しました」と言って、部屋を出て行った。

「親分、私はとりあえず賭場のことを調べます」

忠次が言った。

「頼む」

辰五郎は『一柳』を出た。

朝五つ（午前八時）の鐘が聞こえてきた。

万町の『駿河屋』へ向けて歩き出した。来た道をそのまま戻ればいい。

辰五郎は彦右衛門に断るつもりでいた。

彦三郎を殺したのが倅《せがれ》の辰吉だという話が知れれば、彦右衛門は辰五郎と関《かか》わりたくないと思うだろう。

日本橋を越えて、一本目の脇《わき》の道に入ると『駿河屋』は見えた。

辰五郎は『駿河屋』の土間に入った。

足が重く感じた。

「いらっしゃいまし」

番頭は声をかけた。

辰五郎が名乗ると、

「すぐに」

番頭は奥へ向かった。

辰五郎は唇を嚙《か》みしめて、硬い表情で立っていた。

奥から擦《す》るような足で彦右衛門がやって来た。あまり眠れていないのか、目の周りに隈《くま》が出来ていた。

「辰五郎さん」

彦右衛門が重たい口調で声をかけた。

「私もこれからお伺いしようと思っていたところです。わざわざ足を運んでいただいて恐れ入ります。まあ、奥へどうぞ」

この間と同じ立派な部屋に通された。

辰五郎は正座した両膝《りょうひざ》に手を置いて、

「ご存知《ぞんじ》でしょうが、彦三郎さんを殺した疑いで捕まっているのは、私の倅、辰吉でございます」

と、切り出した。

「存じております」

彦右衛門の口調は柔らかかった。だが、かえって繕っているように思えた。

「私は辰吉は無実だと思っておりますが、牢に入れられてしまっては信じてもらえないのも致し方ありません。そういうわけですので、先日請け負ったお話ですが、お断りさせてください」

辰五郎は深く頭を下げた。

彦右衛門が手を差し出して、

「どうぞ頭を上げてください。私にはあなたのご子息が殺したのかどうかというのはわかりません。まだ吟味方与力の調べが終わっていないじゃありませんか。疑おうと思えば、誰だって疑えます」

　辰五郎はそう言われて、ようやく頭を上げた。

「それに、彦三郎は勘当したんです。今さら彦三郎がどうなっていようと私には関わりありませんから。それよりも、辰五郎さんの方はちゃんとしたご子息が疑われてさぞ心苦しいことでしょう」

「実は辰吉も家出をして、三年も会っていないんです」

「そうでしたか」

「それでも、自分の息子に変わりないと思っております。もし自分の倅が殺されたらと思うと、下手人が憎くてたまりません。彦右衛門さんも同じではございませんか」

「親子の感情はもう枯れてしまいましたから」

　そう言いながらも、彦右衛門の膝に置いた手が微《かす》かに震えていた。

「しかし……」

「辰五郎さん」

　彦右衛門が口を挟み、

「それより、辰五郎さんは辰吉さんのことが心配で、私の方の依頼に身が入らないのではありませんか？　でも、私の気持ちとしては引き続き辰五郎さんに調べてもらいたいと思っているのですが」

「……」

辰五郎はなぜか喉《のど》が急にふさがれたようで言葉が出てこなかった。

「どうでしょう」

彦右衛門が催促するように言った。

辰五郎は目を瞑《つぶ》って、しばらく考えた。

「ただ、倅のこともありますから、無実の証を立てるのと同時に女を調べることになりますが、それでもよろしいですか」

辰五郎はきいた。

「ええ、それで構いません」

彦右衛門が頭を下げた。

「わかりました。引き続き調べさせていただきます」

辰五郎が覚悟を決めたように言った。

『駿河屋』を出ると、日本橋を渡り、再びさっき来た道を戻るようにして、本石町三丁目、四丁目、大伝馬町一丁目、二丁目を通り、三丁目の『大丸屋』に入った。

昼時だからか、買い物客の波が一通り引いたと見える。これから半刻《はんとき》（一時間）ほどすると、またどっと人が押し寄せてくるはずだ。

「いらっしゃいまし」

辰五郎を見かけた店の者が声をかけてきた。それに続いて何人かが「いらっしゃいまし」と復唱した。

辰五郎はざっと見渡して、女物の着物を丁寧に畳んでいるこの間の番頭に声をかけた。

「親分、いま蔵におりますので、少々お待ちを」

番頭は畳み掛けの着物をおいて去っていった。

やがて、背の低い愛嬌《あいきょう》のある男と一緒に戻ってきた。

「親分、この手代がお房さんという方に反物を売ったというんです」

番頭が言った。

「はい、私がたしかにお売りしました。お房さんはよくこちらにいらしてくれます。何かお房さんの身に？」

手代は心配そうにきいた。

「ちょっとな」

「あの人は悪いことをするような人ではありません」

手代はむきになって言った。

この男、もしや惚《ほ》れているなと思った。彦右衛門の勘ぐる通りなら、彦太郎を惚れさせて『駿河屋』から金をむしりとろうとしているような女だ。

「どこに住んでいるか知っているか」

「えー、たしか神田花房町《はなぶさちょう》だったような気がします」

花房町は筋違御門《すじかいごもん》の先だ。

「何をしているとか言っていなかったか」

「いえ、そこまでは」

「そうか。ありがとう」

辰五郎が神田花房町という手がかりを知れたのは収穫だった。

三

七つ（午後四時）であった。『一柳』は半刻後に店を開けるので、バタバタと忙しかった。忠次の妻の女将《おかみ》が二階座敷を回って、畳に塵《ちり》がないかと眼《め》を配っていた。

忠次は自分の居間にいた。

勝手口から男の声がした。

忠次が声の方に行くと、三人の男が立っていた。身なりはそれほど上等な物を着ているわけではないが、粋に着こなしている。

「安《やす》、ご苦労だな」

三人の中でも一番年長の面長の男に声を掛けた。

安太郎《やすたろう》である。この男は酒屋の息子だが、捕り物好きで、忠次の手下になっている。

だが、いずれ酒屋の代を継ぐことになっている。

忠次は安太郎に残りのふたりを呼ぶように言った。

残りの二人は福助《ふくすけ》と政吉《まさきち》である。

いずれも若い娘なんぞにはキャーキャー言われそうな、優しそうな顔をしている。

だが、体は相当鍛えられている。

「お前たちに賭場のことを調べてもらいたいんだ」

「賭場に乗り込むんですか」

「いや、そうじゃねえ。辰吉は知っているよな？」

「ええ」

三人とも頷いた。そして、辰吉が捕まっていることも知っているようであった。

「辰吉が賭場で殺された彦三郎という男と会ったんじゃないかと、辰五郎親分が言っているんだ」

「賭場ですか。あの界隈《かいわい》の賭場と言えば、浜町《はまちょう》河岸か、堀江町入濠、あとは越前堀ですかね」

「じゃあ、三人で手分けして、当たってみてくれ」

「わかりやした」

手下たちは威勢よく答えると、すぐに『一柳』を出て行った。


夜も深まった頃《ころ》。

『一柳』の二階にある二間を貸し切って、日本橋の旦那衆《だんなしゅう》たちが芸者を侍《はべ》らせて宴会が行われていた。三味線《しゃみせん》方で隣の小鈴も呼ばれていた。

忠次は古着屋の旦那に呼ばれて顔を出していた。

「失礼します」

番頭が襖を開けて入ってきた。座が盛り上がっていたので、誰もそのことに気が付かないようで、各々の話を続けていた。

「安が来ました」

「そうか。すぐに下に行く」

忠次は一同に軽く頭を下げると、座敷を出て勝手口まで行った。

「親分、どうやら越前堀の圓馬師匠のところらしいですぜ」

「これから越前堀へ行ってくる。あとは頼んだ」

と、忠次は雪駄《せった》を緩く履いて出て行った。

二階の騒ぎ声は外まで聞こえていた。

安太郎が足元を提灯《ちょうちん》で照らしてくれている。

忠次は圓馬の家で賭場が出来ていることを前々から知っており、何度も踏み込んだことがあった。だが、圓馬はただ落語を聞きに集まっているだけだと言い訳している。忠次も実際に博打をしているところを押さえなければ、捕まえることは出来なかった。

ふたりは箱崎の方から湊橋《みなとばし》を渡って、越前堀まで行こうとした。

ちょうど、箱崎橋を渡ったところ、向こうから提灯の灯りが近づいてきた。太い縞《しま》の袷《あわせ》を着流しにしている恰幅《かっぷく》のいい男で、繁蔵だった。

会いたくない相手だ。

「これは箱崎町の親分、どうも」

忠次は頭を下げた。

「こんな夜に何をしているんだ」

繁蔵が横柄にきいた。

「ちょっと聞き込みで」

「聞き込み？」

繁蔵は疑《うたぐ》るような目をしている。

「霊巌島まで」

忠次は嘘《うそ》をついた。

「まさかとは思うが、辰吉のことで調べているんじゃないだろうな」

繁蔵の目が鋭く光り、

「いえ、とんでもない」

「ならいいんだが。俺の探索にケチをつけるような真似《まね》をしたら承知しねえぞ」

脅すような口調だった。

「ええ。では、急いでいますんで、これで」

忠次は頭を下げて、早々と去っていった。

どれくらい繁蔵が勘ぐっているのかわからないが、慎重にことを進めなければ、邪魔立てをされると思った。

湊橋を真っすぐ進んで、一ノ橋を渡れば近いが、繁蔵が本当に霊巌島へ行ったのか確かめるかもしれないと思い、方角を変えた。

「親分」

安太郎が不思議そうに声を掛けた。

忠次が何も答えないでいると、そのわけを察したらしく、黙ってついてきた。

霊巌島塩町《しおちょう》まで来ると、一度後ろを振り返った。

提灯の灯りは見えない。

足音もしなかった。

「もう平気だろう」

忠次は大川端町《おおかわばたちょう》の手前で右に曲がり、三ノ橋を渡った。

もう銀町《しろがねちょう》だ。奥には松平越前守《まつだいらえちぜんのかみ》屋敷も見える。

忠次は亀島川《かめじまがわ》の方へ向かって歩き、二ノ橋が右手に見えるところを左に曲がった。

そのまま進むと、やがて小さな稲荷が見える。

そこの外れの塀で囲まれた小屋に着いた。

「どうしましょう」

安太郎がきいてきた。

「今日は賭場を押さえようっていうんじゃない。そのまま訪ねよう」

「わかりやした」

忠次は堂々と表口に向かった。警戒してか頑丈そうな戸が立てられていた。

戸を思い切り叩いた。

「すぐ開けます」

男の鋭い声がした。

若い男が戸を開けた。

「圓馬師匠はいるか？」

「ちょっと待って下さい」

男は圓馬を呼びに行った。

しばらくして、圓馬がやって来た。

「親分」

圓馬は平然と言った。噺《はなし》はうまいが、横柄な態度で寄席からもあまり声がかからない。だが、圓馬の話をききたいという客も大勢いるので、ここで落語をしていると言われるとそれ以上踏み込めない。

辰五郎は中に押し入った。

「ちょっと、ききたいことがあるんだ」

「何です？」

「辰吉と彦三郎のことだ」

「ああ、なるほど」

圓馬は賭場を押さえに来たわけではないとわかったのか、安堵《あんど》するように軽く微笑《ほほえ》んだ。

「その様子だと、辰吉も彦三郎もここに来ていたわけだな」

「私の落語をききに来たんですよ」

「ふたりが一緒にいたことがあったか」

「ええ、あります」

圓馬は頷いた。

「いつのことだ」

忠次は、すかさずきいた。

「いつのことでしたかな。確か、衣替えのときだったような」

「四月一日だな」

「ええ、定かではありませんが」

「その時、ふたりは初めて会ったのか」

「さあ、私は知りませんよ」

「見た感じではどうだった？」

「あまり親しい様子ではなかったですね。むしろ、彦三郎がなぜか辰吉に腹を立てているようでした。なぜだかはわかりませんよ」

相手は賭場を認めるわけにはいかないから、どうしても廻りくどい言い方になる。

忠次は苛立《いらだ》ちを覚えながら、

「ここで喧嘩をしたのか」

「いえ、ここではしていませんよ。ただ、その日の夜に二ノ橋あたりで喧嘩があったっていうのは聞きました。もしかしたら、あいつらかもしれませんな」

圓馬は言った。

「そうか。辰吉はここにはよく出入りしていたのか」

「出入りって言うと変な言い方に聞こえますけど、まあ時たま来ていましたね。あいつも落語が好きだったんで、よく噺をきかせてやりましたよ」

「辰吉が落語好きだとはきいたことがねえな」

「そんなことないんですよ」

「で、彦三郎は？」

「数度しか来たことはないでしょう」

「誰かの紹介で来たのか」

「えーと、誰でしたかな。ちょっと、覚えがないですな」

圓馬は惚《とぼ》けるように言った。

「でも、今も落語をしているんだろう」

「ええ」

「その中に知っている奴がいるかもしれないから、きいてきてくれ」

忠次が命じた。

圓馬は露骨に嫌そうな顔をしたが、逆らえないようで、

「じゃあ、ここで待っていてください」

と言って、気怠《けだる》そうな足取りで奥に行った。

奥で何か言い合っているのが聞こえた。言葉ははっきりとは聞こえなかった。

やがて、圓馬は戻ってきた。

「深川佐賀町《さがちよう》一丁目に住む信吉という若い男だそうです」

「深川佐賀町一丁目の信吉だな」

忠次は繰り返した。

「親分、もうそろそろ……。皆、落語を聞きたがっていますので」

圓馬は迷惑そうな顔をした。これ以上いて相手の機嫌を損ねたら、これから教えてもらえなくなるかもしれないので、この辺りで帰ることにした。

四

真っ暗な真福寺橋を渡った。

『日野屋』だけ灯りが点《つ》いていた。

辰五郎は裏から回って、静かに自分の家に入り込んだ。

足音を立てないように、そおっと廊下を歩いていると、

「おかえりなさい。遅かったじゃない」

凛が現れた。

「ちょっと、用があったんだ」

「用？　何か変なことに巻き込まれているの」

「なんでもない」

「そう……」

と、心配そうにしていた。

凜も辰吉が牢屋敷に送られたことを知っているのだろうか。何か感じ取っているようであった。

「そういや、この間辰吉と会ったときに、寶田恵比寿神社で男たちに襲われただろう」

「え、ええ……。どうしてそれを」

「『一柳』の番頭から聞いたんだ。相手はどんな男たちだった？」

「皆大きな体の四人組だったわ。年齢は二十代かしら。ひとり、兄貴分のようなのがいて、その男は三十近いかもしれないけど」

「やくざか？」

「そこまでわからないわ。どうして？」

「ちょっと、辰吉のことと関係あるかもしれないんだ」

「兄さんのこと？」

「ああ」

「やっぱり、兄さんに何かあったの？　兄さんは牢に入れられたという噂《うわさ》をきいたの。長屋には兄さんもいなくて……」

凜は早口に言った。珍しく落ち着きを失っている。

「ちょっと厄介なことになっている」

辰五郎は詳しくはいわなかったが、

「何があったの？」

凜は身を乗り出してきた。

咳払《せきばら》いしてから、

「そうなんだ。辰吉はいま牢にいる」

と、辰五郎は言った。

「兄さんが牢へ？　いったい、何の罪で」

「彦三郎っていう男を殺した疑いだ」

「でも、兄さんがひとを殺すはずないわ」

「俺もそう思っている。だが、同心の赤塚さまは辰吉がやったと思っているようだ。いくつか辰吉だという証もあるようだ」

「そんな……」

凛はどこか遠い目をしてから、突然目に涙をためた。

「だが、辰吉はやっていない。その男たちに問いただせば、何かしらわかるはずなんだ」

辰五郎は強い口調で言った。

「それに、忠次も手助けしてくれている」

「ねえ、お父《とっ》つあん。早く兄さんを助けてあげて」

凛が縋《すが》ってきた。

「心配するな。罰せられるような真似はさせねえ」

辰五郎はそう言って、自分の部屋に戻って行った。

翌朝も、辰五郎は早かった。

「邪魔するよ」

と『一柳』の裏口から入って行ったのも、まだ五つ時である。

「親分、お早いですね」

忠次はまだ食事前だった。

女中が運んできたものを、一度下げさせようとしていたが、「食べながらで結構だ」と、辰五郎は言った。

「いえ、そんな」

忠次は目の前の器を軽くよけて、話を始めた。

「橘家圓馬という噺家が越前堀に住んでいるんです。その男の家に辰吉と彦三郎、どちらとも顔を出していました。辰吉は時たま顔を出しているそうですが、彦三郎は数度くらいしか現れたことがなかったそうです。で、彦三郎に圓馬の賭場を紹介した佐賀町一丁目に住む信吉という男がいるそうなんです。この男を今度当たってみようかと思うのですが」

忠次は言った。

佐賀町一丁目といえば永代橋《えいたいばし》を渡ってすぐだ。

「そこまで調べてくれりゃ十分だ。信吉のところには俺が行く」

「親分、相手はどんな奴かわかりませんよ。もしかしたら、やくざかもしれません」

「心配すんな」

「でも、親分の身に何かあっては心配です。私もお供いたしましょう」

「本当に大丈夫だ。それより、お前だって自分の仕事で忙しいだろう」

「いえ、今何も抱えていません」

「辰吉は俺の手で助けたいんだ」

辰五郎は気負ったように言って、立ち上がった。

大川の向こうにはどんよりとした雲がかかっていた。

辰五郎は永代橋を渡っていた。ポツンと雨が一滴、肩を打ったような気がした。

風呂敷《ふろしき》を抱えているどこかの娘は急ぎ足になった。傘を持っている商人の姿もあった。

橋の中央まで来たとき、向かいから繁蔵が豚鼻の手下を連れて、横柄そうに反身で大手を振って歩いていた。

傘を持っている商人が体勢を崩して、繁蔵にぶつかった。

「すみません、よろけてしまったんです」

商人が平謝りした。

「気を付けやがれ！」

豚鼻が脅かすように言い、繁蔵は何も言わずに汚いものが着物にでもついたかのように手で払った。

繁蔵はこっちに気が付いたのか、

「辰五郎じゃねえか」

と、声をかけてきた。

繁蔵を見かけるのは、岡っ引きを辞めてからも何度かあったが、その度にどちらかが避けていた。性格があわないために仲がよくなく、岡っ引きをしているときでさえ、必要なことしか話さなかった。不仲の原因を作ったのは辰五郎からではなく、繁蔵が嫌ってきたからである。

繁蔵が話しかけてくるのは珍しい。

どうせ、自分の倅を牢に送れたから、してやったりと思っているのだろう。

辰五郎は無視して通り過ぎようとした。

「何か言ったら、どうなんだ」

繁蔵の手が辰五郎の肩に延びてくる。

辰五郎は振りほどき、力強い目で睨《にら》んだ。

「倅が牢に入って悔しいのか」

繁蔵は挑発するように言った。

「どうせ、お前のしたことだ」

辰五郎は言い捨てた。

「俺の探索に逆らうのは、赤塚さまに逆らうことになるぞ」

「赤塚さまはお前に弱いからな」

赤塚新左衛門は公平な同心であるはずだが、繁蔵には弱い所がある。それがなぜだか辰五郎はわからなかったが、繁蔵は赤塚の弱みを握っているに違いないと睨んでいた。そもそも、赤塚新左衛門の父も定町廻《じょうまちまわ》り方同心で、繁蔵は元々赤塚の父親から手札を貰っていた。その父親もどこか繁蔵には強く言えなかった。

繁蔵は冷たい目で見つめていた。

辰五郎は先に進んだ。

永代橋を渡ると、左手が佐賀町一丁目だ。肥前国佐賀《ひぜんのくにさが》の湊《みなと》に地形が似ていることから、この名が付けられたという。

河岸には干鰯《ほしか》の荷揚場が見える。

ちょうど、猪牙舟《ちょきぶね》から荷を下ろしている四十年輩の日焼けした男がいた。

辰五郎は舟まで近づいて、

「大三郎《だいざぶろう》」

と、声をかけた。

「あ、大富町の親分。いえ、旦那」

「ちょっと今いいか」

「これだけ終わったらすぐ行きます」

大三郎は大きな袋を二、三個同時に持ち上げて荷揚場に運んだ。辰五郎は猪牙舟の傍らで、大川を見渡しながら待っていた。

今日の水嵩《みずかさ》はいつもより大きかったが、波はさほど立っておらず穏やかであった。

「お待たせいたしました」

大三郎は肩にかけた手ぬぐいで、額の汗をぬぐいながら駆けてきた。

「さっそくなんだが、この辺りに信吉っていう奴はいるか」

「『船正《ふなせい》』の用心棒をしている男ですかね」

「用心棒か」

賭場に出入りしているなら、用心棒のようなやくざ風情《ふぜい》のことをしていてもおかしくなさそうだ。

「元々は力士だったんですけど、怪我《けが》で引退することになった奴です。そこから『船正』で用心棒をしていて、腕力はあっていいんですが、あまり柄の良くない奴らと絡んでいるので、手を焼いている男です」

その男のような気がしてきた。

「住まいを教えてくれないか」

「ええ、いいですけど。あっしが仲立ちしましょうか」

「いや、そこまで手を煩わせるわけにはいかねえから」

「そうですか。信吉はさっき出掛けて行くのが見えたので、今はきっと『船正』にいると思います」

「どこにあるんだ」

「ちょうど、あの柳が見えますでしょう。その先にある舟宿です」

大三郎は指をさしながら教えてくれた。

「ありがとう」

辰五郎は歩を進めた。

河岸の近くに『船正』と書いてある店があり、船着き場に舟がもやってある。

客は他にいなかった。

辰五郎が土間に入って行った。

年増の女中が出迎えてくれた。

「おひとりさまですか」

「いや、客じゃねえ。信吉という男はいるか」

「奥にいます。呼んできましょうか」

「ああ、頼む」

「旦那はどちらさまで」

「辰五郎ってもんだ」

「もしや、岡っ引きの親分ですか」

「まあ、そんなとこだ」

女中は奥へ進んだ。

しばらくして、二十歳《はたち》そこそこの大柄の男が姿を現した。

「どうも」

信吉は警戒したような声で挨拶《あいさつ》した。辰五郎を不審に思っているようだ。

「彦三郎のことできたいことがある」

辰五郎が言った。

信吉は辺りを窺うように、

「ちょっと、外でもよろしいですか」

「もちろんだ」

「旦那に伝えてから行くんで、そこの柳の前で待っていてください」

と、奥に戻って行った。

辰五郎は舟宿を出て、柳の下に立った。

『船正』の二階座敷の戸が開いていたので、中が見渡せた。天井は黒ずんでおり、かなり古いものと思われる。職人風の男ふたりの頭だけ見えていた。髷《まげ》も綺麗《きれい》に整えられていて、ここから吉原《よしわら》へ舟が出ているのかもしれないと思った。

そんなことを思っていると、信吉が店から出てきた。

「彦三郎のことですか？」

信吉がきいた。

「圓馬師匠のところを紹介したのはお前なんだってな」

「違いますよ」

信吉は慌てるように言った。

「隠さなくたっていい。ちゃんと調べはついているんだ」

「本当に違いますって」

「別にそのことで引っ張ろうっていうんじゃねえ。圓馬師匠のところで落語をきいていたんだろう」

辰五郎はあえて落語という言葉を言った。

「彦三郎が殺されたことで何か」

「そうだ」

辰五郎は信吉の顔を見た。話し方にも柔らかみがあって、とてもやくざ者とは思えなかった。優しそうな目をしているし、性根が腐っているようにも見えない。だが、信吉は何かやましいことがあるのか、時たま目が泳ぎ落ち着きがないようだった。

「わっしが彦三郎さんを紹介したというと嘘になります」

信吉が言った。

「じゃあ、事実はどうなんだ」

「誰かが彦三郎が聞きに行きたいというんだけど、彦三郎を知っている奴はいねえかときいてきたんです。その時に、あっしが彦三郎さんはそれほど変な男ではございませんよと言いました」

「なら、向こうが勘違いしたのか」

「そうでしょう。あっしがわざわざ彦三郎さんを紹介するような真似はしませんよ」

「彦三郎はそこで、辰吉に会ったんだな。お前は辰吉に会ったことあるか」

「ええ、まあ」

「どういう繋《つな》がりだ？」

「……」

「彦三郎と一緒に辰吉を襲ったのは、お前じゃねえか」

「旦那はどうしてそんなことまできくんです？」

どこか身構えたように言った。

「あの件に不自然なことがあったので調べ直しているだけだ」

「でも、たしか繁蔵親分が調べているんじゃないですか」

「繁蔵の探索にちょっと不審な点があって、奉行所の方から調べ直すように言われているんだ」

奉行所という名を出せば、ひれ伏すと思ってはったりをかました。

「そうなんですか」

案の定、信吉の額に汗が光った。

涼しい風が吹いて柳がなびいていた。

「で、彦三郎以外にも襲った奴がいたな。誰なんだ？」

「菊太《きくた》と菊次《きくじ》兄弟です」

「どこに住んでいるんだ」

「すぐそこの加賀町《かがちよう》です」

大川を前にして、佐賀町の後ろには盛岡《もりおか》藩下屋敷と大多喜《おおたき》藩下屋敷がある。その裏手が加賀町となる。

「そのふたりだけか」

「いえ、もうひとり」

「誰なんだ」

「章介《しようすけ》兄貴です」

「そいつはどこに住んでいるんだ」

「松賀町《まつがちよう》です」

加賀町の隣町だ。

「ちょっと付き合え」

辰五郎は命じた。

「でも、店が……」

「少しくらい融通利かせてくれるだろう。殺しの一件を調べているんだ」

「ですが……」

「俺が掛け合う」

辰五郎は舟宿の土間に入っていき、亭主に事情を説明した。すると、用が済むまでいくらでも連れまわして構わないという返事をもらった。

それから、加賀町へ向かった。

大多喜藩下屋敷横の油堀《あぶらぼり》沿いを歩けば、すぐに加賀町であった。

「でも、菊太、菊次兄弟はいないとおもいますよ」

加賀町に差し掛かった時、信吉が思い出したように言った。

「じゃあ、先に章介という男のところでも構わねえ」

「そうですか……」

気のない返事をした。

「ところで、お前が繁蔵に辰吉のことを話したのか」

「ええ。私と菊太、菊次、そして章介兄貴の四人に話を聞かれました」

「話を聞かれた？　事件のあと、繁蔵のところへ訴えに出たときいていたが」

「あ、そうでした」

「どうして、嘘を言ったんだ」

辰五郎が鋭い口調になった。

「勘違いです……」

信吉はそれから黙って歩いた。

松賀町には材木置き場や大きな蔵があり、家数は十軒ほどしかなかった。

「こんなところに住んでいるってことは、章介は材木屋で働いているのか」

「そんなところです」

「もしかして、菊太、菊次兄弟もそこで働いているのか」

「ええ。材木を運んでいます」

信吉は材木が積み上げられている河岸に向かった。

辰五郎は見渡しながらついて行った。

材木置き場で大きな男三人が腕を組みながら笑い話をしていた。

「兄貴」

信吉の声が響いた。

三人が一斉にこっちを見た。辰五郎を見て、笑みを引っ込めた。

「どちらさまですか」

年長の吊《つ》り上がった細目の男が、低い声できいてきた。兄貴と呼ばれたから、この男が章介だろう。後ろにいる男ふたりはまん丸の髭面《ひげづら》でよく似ていた。

「大富町の辰五郎っていうもんだ」

「岡っ引きの親分ですかい」

「元は、そうだ」

辰五郎は嘘をつかなかった。

「いまは違うんですね」

「違う」

「その元岡っ引きの親分が何をしに？」

章介は問い詰めるようにきいた。

「彦三郎の死について調べ直しているんだ」

辰五郎は落ち着いて答えた。

「でも、箱崎の親分がそれは調べましたぜ」

「ちょっと不審なところがあったんだ」

「不審なところ？　どこですか」

何か言ったら、素早く答えてくる。

こういうことに慣れているのか、それとも頭の回転が速いのか。辰五郎はそれほど突きつけるほどの材料を持っていないが、

「彦三郎と辰吉の揉め事で、どうしてお前たちが出てきたのかだ」

と、きいた。

「彦三郎は俺のところに辰吉という奴に因縁つけられていて困ると言って来たんだ。それで、まあ仲間だから助けてやろうと思っただけだ」

「因縁をつけられた？　聞くところによると、彦三郎が因縁をつけてきたっていうじゃねえか」

「それは俺たちの知ったこっちゃないですよ。ただ、仲間に頼まれれば、そのまま受け取るでしょう」

「たしかにな」

辰五郎は、ここからは崩せなそうだと思った。

「じゃあ、たしかお前たちが繁蔵に辰吉がやったんじゃねえかと直訴したんだよな」

「ええ」

「どうしてだ」

「ふたりは揉めていたし、辰吉は俺たちに次に会ったらただじゃおかねえと言ってい

るんです。それは、俺たちだけじゃなくて、たまたま通りかかったどこかのおかみさんも聞いているはずですよ」

「でも、ただじゃおかねえというのが、殺すということに結びつくか？」

「あいつは俺たちをやっつけたんだ。それ以上のことと言ったら、殺すということくらいしかないだろう」

「どうだろうな」

理にかなっているような、それでいてどこかあとから理由づけをしたような気がしてならない。

「お前たちの思い込みってこともありえるだろう？」

辰五郎はきいた。

「いや、辰吉は恨んでいるような目をしていました。きっと殺しにかかるに違いないと思ったんですよ。箱崎の親分があいつの家を調べたら、彦三郎の印籠《いんろう》が出てきたというじゃないですか」

「うーむ」

そこがわからない。

なぜ、辰吉が彦三郎の印籠を持っていたのだろうか。

辰五郎はわからないまま、帰ることにした。

後ろで笑い声がきこえてきた。


もう夕方になっていた。

辰五郎は彦三郎が住んでいたという小舟町《こぶなちょう》に足を運んでいた。

平右衛門店《へいえもんだな》という古びた裏長屋に住んでいて、その長屋には家族者はおらず、独り身の男たちばかりだそうだ。

糠味噌《ぬかみそ》や、鰯《いわし》を焼く匂いが漂ってきた。荒っぽい口調の男たちの声が長屋から聞こえ、猥雑《わいざつ》な話に花を咲かせているらしかった。

彦三郎が住んでいたとば口の家はまだ新しい借り手がいないらしい。

辰五郎は隣の家の腰高障子《こしだかしょうじ》を叩いた。

「へい」

中からだみ声の男が出てきた。

「彦三郎のことできいたいことがあるんだが」

「どんなことでしょう」

「彦三郎が辰吉という男以外と、何か揉め事を起こしたという話はきいていなかったか」

「えー、どうなんでしょうね。女となら揉め事を起こしていたというのを聞きましたが、それはよくある痴話げんかでしょう」

「彦三郎の女はどんなのだ？」

「随分綺麗な女でした。どこか妖《あや》しげな、二十四、五くらいの猫目の女です」

「どこに住んでいるとか知らないか」

「たしか神田の方だったと思うんですけど」

「そうか。名前は？」

「お福《ふく》と言いましたかな。いや、お房？　お藤《ふじ》？　どれか忘れました」

辰五郎はその女の名前を頭に記憶した。

「そういえば、旦那も岡っ引きでございますか」

男がきいた。

「そうだが」

「この間、箱崎町の親分が来られたんですが、その時に言い忘れたことがありまして」

「なんだ」

「彦三郎が落とした印籠のことなんですが、殺された日になくなっていたと言っていましたが、よくよく思い返してみると、その数日前になくしているんですよ。たしか、そんな話を長屋の連中としていましたから」

「本当か」

辰五郎は声が大きくなった。

急に光が見えたような気がした。

すると、今までの調べに間違いがあることになる。もしかすれば、辰吉の無実の罪を晴らせるかもしれない。

辰五郎は赤塚新左衛門のところへ足を向けた。

五

小伝馬町牢屋敷の大牢では、朝五つに食事が運ばれてきた。

物相飯《もっそうめし》といい、椀《わん》に飯が盛られて、みそ汁と糠漬けの大根が付いた。

飯を食い終えたあと、張り番と牢屋同心が牢内に入ってきて、吟味のために呼び出されるものを外鞘に連れ出した。

今日は五人ほど呼び出された。

大牢内にいる囚人たちは皆静かにしていたが、張り番と牢屋同心が出て行くと再びざわつき出した。だが、気楽に話しているのは、牢名主と牢役人だけで、あとの者たちは床を見つめて、科される罰よりも牢役人たちのいじめに遭うことに怯《おび》えているようであった。

隅の隠居が畳の上から降りてツメにやって来た。

用を足したあと、辰吉は隅の隠居と眼が合った。

「おい、もう傷は平気か」

「ええ、お陰様で」

隅の隠居は小声で言った。

「お前、大富町って言ったな」

「ええ」

「『日野屋』って知っているか」

隅の隠居は辺りを気にしながらきいた。

「知っているも何も、実家です」

「やはり、そうか」

「え？　父を知っているんですか」

「ああ、世話になったんだ」

「どういったことですか」

　辰吉がきいた。

「俺は三か月前に人を二人殺して捕まって、ここに入っているんだ。実は七年前にも俺は捕まっている。当時俺は病弱な母を抱えてぼて振りをしていた。生活が苦しく、医者に掛かることが出来なかった。せめて母を厚い布団で眠らせてやりたいと思い、よく行く商家から金を盗んでしまった」

「いくら盗んだんですか」

「一両だ。それで、母に綿が入った夜着と布団を買ってやった。そしたら、次は薬代も盗もうという気になった。一度盗めたなら、二度でも出来る。次もまた成功した。二度が三度、三度が四度と回数が増して、他の商家からも金を少しずつ盗んでは薬代に充てていた。辰五郎親分はちゃんと俺のことを調べて、これ以上俺をのさばらせておくわけにはいかねえと、躍起になって俺を探し出した。そして、俺はついに御用となった」

　隅の隠居は息継ぎをして、さらに続けた。

「だが、辰五郎親分は被害の届けを少な目にしてくれて、普通なら遠島になるところを江戸払いで済ませてくれた。辰五郎親分は母には、俺が遠くに出稼ぎに行ったという話にしてくれて、さらにその稼ぎを預かってきたからと、毎月薬代を出してくれた。その母も一年前に死んだ。死に目には会えなかったが、そこまで生きていられたのも辰五郎親分のお陰だ。後で知ったんだが七年前に俺が捕まった当時、辰五郎親分のおかみさんが病気だったそうだ。自分のおかみさんよりも、俺のことを気遣ってくれたんだ。そのためにおかみさんの死に目にも会えなかったらしい」

隅の隠居はため息をついて、

「ところが、つい半年前に些細《ささい》なことから喧嘩になって、俺はふたりを殺してしまった。だから、いつか恩返ししたいと思っていたのに、かえって裏切ってしまった」

と、声を震わせて言った。

辰吉は、あっと思った。

「隅の隠居が最初に捕まったのは七年前ですよね」

「そうだ」

では、父が追っていた男というのは、この隅の隠居であったのだ。

なぜ、そのことを言わなかったのだろうか。

「ちょっと失礼」

隅の隠居はもう一度ツメで用を足して、元の場所に戻って行った。


隅の隠居の呼び出しは翌日だった。

朝食の前に、牢屋同心がきょう仕置きのために呼び出すと告げた囚人の名のなかに七兵衛《しちべえ》という名があった。そのときに、ようやく隅の隠居の名前を知った。

朝食後、七兵衛はツメに行くふりをして、

「お前は無実なんだろう。俺は信じている。もし、娑婆《しゃば》に出たら七兵衛が感謝していたと親分に伝えてくれ」

辰吉は目の前の男がふたりを殺した悪人には思えなかった。

やがて呼び出しがあった。

「大牢」

鍵役同心が声をかけた。

「へい」

牢名主が答えた。

「お仕置きものがあり、新見信濃守殿お懸かりの七兵衛……」

「おります」

牢名主が言った。

七兵衛は追われるように留口に追いやられ、牢屋同心と張り番に牢から連れ出された。張り番が脇から押さえて切縄《きりなわ》をかけた。

「七兵衛さん」

辰吉は思わず声を掛けた。

七兵衛は振り向いて、和やかな笑みを浮かべた。だが、すぐに前を向き、堂々とした足取りで歩いて行った。

辰吉はその後ろ姿をずっと目で追っていた。


翌日の朝。

牢屋同心から辰吉が吟味のために呼ばれた。

辰吉は後ろ手に縛られ、他の囚人といっしょに南町奉行所に連れて行かれた。

久しぶりに光を感じた。

いつも真っ暗なところにいたので、眩《まぶ》しくてしかたがなかった。それに、いままで自由に歩けていた娑婆というのが、どれだけありがたいものなのかと思い知らされた。

奉行所につくと、吟味の順番が来るまで仮牢に入れられた。

一刻（二時間）くらいすると、辰吉が仮牢から出された。

後ろ手に縛られ、縄尻をとられ、詮議場に連れ出された。

白洲《しらす》に腰を下ろした。両脇の同心は槍《やり》を持って睨みをきかせていた。

座敷には吟味方与力が座り、書役《かきやく》同心たちが整然としていた。

「通油町清右衛門店在の辰吉。顔を上げい」

吟味方与力が声をかけた。

辰吉が顔をあげると、頭の良さそうな顔つきだが、神経質そうな与力の顔が目に入って来た。

「その方儀、箱崎町の空き家で小舟町に住む彦三郎を殺害した疑いにより取り調べを受けることになった。彦三郎を殺したことに間違いないか」

「恐れながら申し上げます」

辰吉は前置きをして、

「彦三郎を殺したということはございません」

「そのようにずっと主張しておるようだが、同心の赤塚新左衛門の調べによると、彦三郎との間に揉め事があったそうだな」

「はい」

「その揉め事の内容というのは？」

「ただ、向こうがいちゃもんをつけてきただけでございます」

「何かしら理由があろう。思い当たる節もないのか」

「ええ、全くでございます」

「そうか。では、彦三郎と喧嘩をしたそうだが、いつ、どこで、喧嘩をしたのか」

「はい。越前堀の橘家圓馬師匠のお宅に伺った帰りに、待ち伏せされていきなり襲われました」

「橘家圓馬の家には彦三郎はいたのか」

「はい」

「そこでは何をしていた」

吟味方与力の目が鋭く光った。

「いえ、特に……」

辰吉は思わず口ごもった。

「正直に申せ」

吟味方与力は厳しい口調で言った。

「そこで落語がありました」

「落語？」

「ええ、そこで圓馬師匠の落語をよくやっているんです。あっしもそこに落語をききたくて通っていました」

辰吉は賭場のことは隠した。落語を聞くことにするのは、圓馬から言われている。この嘘が通じるか心配だったが、

「そうか」

吟味方与力は呆気《あっけ》なく頷いて、

「そこでお前は何かしら彦三郎の怒りを買うことをしたのかもしれない。それで帰り路で襲われたんだな」

と、きいてきた。

「はい」

辰吉は力強く言った。

「襲われたのはそれ一度きりではなかろう」

「その後に二度ございます」

「どういった状況であったか説明してみろ」

「はい。初めは小網稲荷でした。彦三郎と見知らぬ大きな男三人に襲われました」

「四人を相手にしたのか」

「柔術の心得がありますので、簡単に倒しましてございます。それで、その時に印籠を拾いました。しかし、大番屋などでは信じてもらえませんでした」

辰吉は悲しそうに言った。

「だが、先日彦三郎が殺されるより数日前に印籠をなくしたと長屋の者たちに話していたと申す者が出てきた」

「本当ですか」

辰吉の表情が一瞬やわらいだが、なぜ今になってそういうことがわかったのだろうと不思議に思った。

吟味方与力は頷き、

「それで、二度目に襲われたのは？」

と、続けた。

「寶田恵比寿神社です」

「襲ってきたのは同じ者たちか」

「いえ、彦三郎はいませんでした。その代わり、新たな男が加わりました」

「その男というのは？」

「見覚えがございません」

「では、四人を相手に再びひとりで戦ったというわけだな」

「はい。ですが、その時は妹の凜も一緒にいました。その時に凜が『一柳』に駆け込んで番頭が助けに来てくれました。でも、もうその四人を退治したあとに来たのですが」

「なるほど。で、その時に『次来たらただじゃおかねえぞ』ということを言っていたそうだが」

「夢中で戦っていたので、何と言ったのか詳しく覚えてはおりませんが、決して殺そうと思って言ったわけではありません」

辰吉は断固として否定した。

「たしかに、この言葉はどうとでも取れる」

と、吟味方与力は言った。

「続いて、殺しの当日のことだ」

「はい」

「その日は何をしていた」

「仕事に行くつもりでしたが、雨が強かったので億劫《おっくう》になり、昼過ぎまで家でだらだらしていました」

「うーむ、その時に彦三郎は殺されているんだが」

「私じゃございません！」

「では、そういう風に仕事を放《ほう》り出すこともよくあるのか」

「恥ずかしながら、気分によっては」

「では、その日が特別ではないということだな」

「ええ、周りのひとにきいてもらえばわかると思います」

吟味方与力は何か考えるような顔つきをして辰吉を見た。

印籠の証言といい、自分に有利なように運んでいるように思えた。どうして、急に流れが変わったのだろうと、辰吉は不思議に思った。

第三章　繋《つな》がり

一

毎朝、誰《だれ》かしらが吟味のために呼び出された。その日、朝飯の前に牢屋《ろうや》同心が牢の前にやって来て、呼び出す者の名を告げた。その中に辰吉の名があった。

前回の吟味《ぎんみ》方与《かたよ》力《りき》の取り調べから二日しか経《た》っていない。少し早いような気がした。何があったのかと思いながら、物相飯《もっそうめし》を食った。最初は臭くて喉《のど》を通らなかったが、少し慣れてきた。

朝飯のあと、牢屋同心と牢屋下男が牢の中に入ってきて呼び出しのあった者を連れ出した。

辰吉も外鞘《そとざや》に連れ出され、後ろ手に縄をかけられた。

呼び出しのあった者たちは数珠《じゅず》繋《つな》ぎになって奉行所に向かった。行き交うひとが異様な者たちに冷たい目を向けている。こんな惨めな姿を妹や小鈴に見られたくなかった。辰吉は顔を背けるようにして前を行く囚人の陰に隠れた。

やがて濠端《ほりばた》に出て数寄屋橋御門《すきやばしごもん》を渡り、ようやく南町奉行所に着いた。前回と同じように門を入った左手にある仮牢に入れられて取り調べの順番を待った。

前回の吟味方与力の取り調べはもっと責めたてられるかと思ったが、予期に反して問いかけはそれほど厳しいものではなかった。

前の取り調べはただ辰吉の言い分を聞くだけのもので、今日は本格的な厳しい取り調べが行われるのかもしれない。

おそらく彦三郎に頼まれて辰吉を襲った連中や、その他の証人が出てきて、あることないこと言い立てるに違いない。

しかし、いくら厳しい追及を受けようがやっていないものはやっていないのだ。負けてなるものかと、辰吉は気負った。

何人目かで、辰吉の番がきた。

辰吉は奉行所の同心に連れられ、前回と違い大きなお白洲《しらす》に行った。今日はお奉行の取り調べだと思った。

下男に縄尻《なわじり》をとられた辰吉は白砂利の上に敷かれた莚《むしろ》に座った。左右には六尺棒を持った蹲《つくば》い同心が構えていた。

お白洲の座敷は三間に仕切られていて、上の間正面の扉が開いて継上下《つぎかみしも》のお奉行が現れた。中の間の左に吟味方与力、右に例繰方《れいくりかた》与力、そして書役《かきやく》同心がそれぞれ机に向かっている。

辰吉は吟味方与力ではなく、いきなりのお奉行の取り調べに、驚きと同時に戸惑いを覚えた。

さらに、左手に敷かれた莚に、牢獄《ろうごく》長屋の大家が羽織姿で座った。

それからのことは辰吉には夢でも見ているようだった。

「辰吉儀、彦太郎殺しの疑いにて吟味をしたが、そなたが殺したという証《あかし》は、これなく……」

当初、お奉行が何を言っているのかわからなかった。

「なんと？」

辰吉はきいた。

「疑いは晴れたのだ。これより、そなたは自由の身だ」

「本当ですか」

辰吉は驚いてきき返した。

「ご苦労であった」

「ありがとうございます」

辰吉は頭を下げた。

「これにて一件落着」

お奉行が引き上げたあと、下男が縄を解いた。

「辰吉、よかったな」

大家が近寄ってきた。

「大家さん」

辰吉は思わず涙ぐんだ。

それから、牢屋敷から着物などの私物が届くのを待って、辰吉は大家とともに奉行所を出た。

雲ひとつない晴れわたった空であった。風も心地よかった。

辰吉は南町奉行所を出ると、大きく伸びをした。

もうこれからはあの臭いにおいを嗅《か》ぎながら、足を抱えて眠らなくても済む。もう自由だ。だが、自分をこんな目に遭わせた奴《やつ》を許せない。だが、本当に悪いのは彦三郎殺しの真の下手人だ。自分で彦三郎を殺した奴を探し出そうと思った。

辰吉が久しぶりの娑婆《しゃば》を楽しんで家に帰ろうとしたとき、

「辰吉」

大家と一緒に数寄屋橋御門に向かいかけていると、横から声をかけた者があった。顔を向けると、忠次が微笑《ほほえ》んでいた。その隣には凜の姿もあった。

「親分、どうしたんです？」

辰吉は驚いてきいた。

「お前が放免されるだろうと思って、お凜ちゃんと一緒に待っていたんだ」

どうして今日釈放されると思ったのか。辰吉でさえ、こういう風になるとは思わなかった。

「あっしが無実だっていうのは、どうして」

「赤塚の旦那《だんな》がお前を牢送りにしたあと、もう一度調べ直してくれたんだ。印籠《いんろう》は彦三郎が殺される数日前に失《な》くしたことがわかった。それに凶器の匕首《あいくち》がお前の部屋から見つかったのも殺しの証にはならないんだ。繁蔵がお前の部屋を探したときにはなかった。お前が逃げたあとに凶器が見つかったのはおかしい。誰かが隠したとわかったんだ」

「じゃあ、誰かが俺《おれ》を嵌《は》めようと？」

「そうだ」

「ちくしょう、誰だ」

辰吉は顔をしかめた。

「兄さん、辛《つら》かったでしょう」

凜がきいた。

「本当に最悪なところだった。でも、なんで赤塚さまは調べ直そうと思ったんですかね」

「さあな」

忠次は笑った。

凜は誰かを探すように辺りを見渡していた。

「どうしたんだ」

辰吉がきくと、

「ううん、何でもない」

凜は首を横に振った。

辰吉は凜の視線の先を見たが、橋の上は武士が通るだけであった。

「そういや、ツルは役に立ったか」

忠次がきいた。

「それが、親分。繁蔵親分に……」

「どういうことだ」

「髷《まげ》に隠していたのを繁蔵親分は見抜いたらしく、こんなものを持って入るんじゃねえと言って、奪われてしまいました」

「なんだと」

忠次はうなって、

「じゃあ、牢内でいじめられたか」

「ええ、散々叩《たた》かれました。でも助けてくれた人がいました」

「助けてくれた？」

「隅の隠居といって、実は七年前に親父《おやじ》が追っていた七兵衛という人なんです」

「七兵衛……」

「親分、知っていますか」

「もちろんだ。あいつは辰五郎親分と俺が血眼《ちまなこ》になって追っていた男だ。捕まえてみて、かなりの親孝行者で病気の母親のために盗みをしていたと知って、親分が情けをかけて江戸払いにしてやったんだ。それなのに、あいつはまた捕まるようなことをしやがった」

「喧嘩《けんか》になって人を殺したとか」

「理由はどうであれ、辰五郎親分を裏切りやがって」

　忠次は責めるような口調で言った。

「親父は七兵衛の母親に毎月薬代をあげて、七兵衛は仕事で遠くに行くことになったと話したそうですね」

「そうだ」

「どうして、そんなことをしたんでしょう？」

「困っているものを放《ほう》っておけない性質《たち》なんだ」

「でも、おっ母《か》さんのことは放っておいたんだ」

　辰吉は口惜《くや》しそうに言った。

「辰、それは違う」

　忠次が強く否定した。

　その時、凜が突然思い出したように、

「ねえ、七年前っていうことは、お父《とっ》つあんはその男、七兵衛を捕まえるために、おっ母さんの最期を看取れなかったんですか」

「そうだ」

忠次が思いやるような目つきをした。

「嘘《うそ》だ。看取れなかったんじゃなくて、看取らなかったんだ」

辰吉は思わず声が出た。

忠次は首を横に振った。

「だって、そうでしょう？　親父は捕り物しか頭になかったんでしょう？」

「親分はいま捕まえれば七兵衛は改心する。このまま逃げ延びてしまえば、取り返しがつかない罪を犯してしまう。そう思って、追いかけたんだ」

「でも、結局は人殺しをしてしまいましたね」

辰吉は非難した。

忠次は今の辰吉に何を言っても無駄と見たのか諦《あきら》めて、

「まあ、とりあえずお前が無事に出て来られてよかった。あとで『一柳』に来い。しばらく臭い飯を食っていた分、良いものを食わしてやる」

「ありがとうございます。今は手足を伸ばしてゆっくり眠りたいので、あとで伺います」

「じゃあ、お凜ちゃんも来い」

忠次が誘った。

「ありがとうございます」

凛が嬉《うれ》しそうに言った。

四人は通油町に向けて、歩き出した。

四半刻《しはんとき》（三十分）ほどで、通油町に着いた。そこで、ふたりと別れ、大家と一緒に長屋に向かった。

「おう、辰！　元気だったか」

「辰吉さん、心配したんだよ」

「この野郎、心配かけやがって」

と、道にいた口が悪いが根の良い近所の面々が声をかけてきた。

辰吉はその度に、

「すまねえ」

と、笑顔で返した。

久しぶりに家に帰ると、中が少し乱雑になっていた。繁蔵が家捜ししていたせいだ。

辰吉は片付けてから、大の字になった。天井の節穴に目が行った。

ふと、七兵衛の顔が脳裏をかすめた。もし七兵衛がいなかったら、牢内でもっとひどい目に遭っていただろう。まさか、七兵衛と親父にあのような関係があろうとは……。お仕置きで牢から出て行ったときの七兵衛の表情が忘れられない。その時、親分に感謝していたと伝えてくれと言っていたことを思い出した。

七兵衛のことを考えているうちに、寝入ってしまった。

目が覚めると、あたりは真っ暗になっていた。慌てて起き上がった。

『一柳』に着くと、二階の奥の十畳間に通された。いつもながら、埃《ほこり》ひとつない廊下が新鮮に感じた。女将《おかみ》も出迎えて、労《ねぎら》いの言葉をかけてくれた。

座敷には、膳《ぜん》が四つあった。

「あれ？　ひとつ多くありませんか」

辰吉が首を捻《ひね》った。

「辰五郎親分も呼んだんだが」

「え、親父を？」

「そんな嫌な顔をするな。でも、もう来ないのかもしれねえ」

「やっぱり、俺とは会いたくないんですよ」

辰吉は複雑な思いで言った。

「でも、南町奉行所の前で途中まで一緒に待っていたのよ」

凜が口を挟んだ。

「親父が……」

「やっぱし、お前が心配なんだ」

忠次が言った。

辰吉は少しの間考えたが、

「それより、もうペコペコです。食べてもいいですか？」

と、話題を変えた。

「食っていいぞ。それから」

忠次が懐から懐紙に包んだものを出して渡してきた。

「これは？」

辰吉は懐紙を広げた。中には三文が入っていた。

「明日食べるものに困るだろう。これを使え」

「ありがとうございます」

「でも、変なことに使うんじゃねえぞ」

忠次は言い添えた。

食事が終わってから、辰吉は凛を大富町の家の近くまで送っていった。

「兄さん、ちょっと家に寄らない？」

凛がきいてきた。

「いや、すまねえが」

辰吉は断った。

「本当は……」

凛が言いよどんだ。

「なんだ？」

辰吉は促した。

「いいの。じゃあ、またね」

凛が家に入って行くのを見ると、通油町に引き返した。

辰吉は忠次からもらった三文を遊びに使わないようにしようと思っていたが、久しぶりに娑婆に出たせいか、手慰みの虫が疼きだした。越前堀にある橘家圓馬の家について足を運んだ。

今までのように裏口から入った。廊下の奥の襖《ふすま》の前には見張り番がいる。

「おめえ、出てきたのか」

「ああ」

「いつだ」

「今日だ」

「なんだ、もう遊びに来たのか。まあ、入れ」

見張り番が中に入れてくれた。

薄暗い中で、今日も丁半が開かれていた。

煙管《きせる》を手に持ちながら、気ままに賭場《とば》全体を眺めている圓馬の姿を部屋の隅に見つけた。

皆、勝負に真剣で辰吉が入って来たことに気づいていないようだ。

辰吉は圓馬に近づいた。

「師匠」

「出てきたのか」

圓馬が冷ややかな目をした。

「ええ、無実の罪が晴れまして」

辰五郎は微笑んだ。

「お前のことで、ここに通油町の親分が訪ねてきたんだ」

圓馬は迷惑そうに言った。

「忠次親分が？」

「彦三郎とお前がここであったのかきいていたんだ」

「で、師匠はなんて？」

「俺は落語の集まりで、同じ日に顔を見せたと言った。あと、外で喧嘩していたらしいことも言ったんだ。それで、彦三郎は誰の紹介でここに来たんだっていうのもきいていた」

何を調べていたんだろうかと思った。

さっきは、そんなことは微塵《みじん》も言っていなかった。しかし、彦三郎のことを調べているとすると、やはり殺された件に違いない。ただ、あの殺しは繁蔵が受け持っている。それなら、どうして……。

「忠次親分はあっしの無実を晴らそうと来たんでしょうかね」

「知るか」

圓馬は冷たく言った。

「それで、彦三郎は誰の紹介でここに来たんです？」

辰吉も言われてみて、気になった。これから、誰が彦三郎を殺したのかを調べるのに、彦三郎の周辺のことは洗っておいたほうがいいに決まっている。

「佐賀町の信吉だ」

圓馬が答えた。

「佐賀町の信吉？」

聞いたことのない名前だった。

「どんな男ですか」

「体の大きい奴だ」

辰吉は、ふと彦三郎の仲間で自分を襲ってきた男を思い出した。四人いて、どれも体が力士のように大きかった。

「信吉は今夜も来ますかね」

「彦三郎の件があってから全く来ていない」

「そうですか」

「なんだ？　会いに行こうとしているのか」

「まあ」

「面倒なことは起こすなよ。また、岡《おか》っ引《ぴ》きに来られたらたまったもんじゃねえ」

「ええ、わかっていますって」

辰吉は適当に言った。

その時、ドンドンと部屋の襖が叩かれた。

賭場の者たちの顔色が変わった。急いで自分の目の前にある木札を懐に入れ、サイコロや盆などを風呂敷《ふろしき》に隠し、圓馬は高座に飛び乗った。

そして、圓馬はすぐさま「子別れ」の盛り上がりの場面を話し出した。

「元のように三人で暮らしてよ……」

圓馬が噺《はなし》に出てくる亀坊《かめぼう》の台詞《せりふ》を言ったとき、

「ちょっと邪魔するぜ！」

繁蔵が豚鼻を連れて押し入ってきた。

「何です？」

圓馬は話を中断して、不機嫌そうに言い放った。

繁蔵は辺りを見渡して、舌打ちをした。

「またか……」

「箱崎町の親分、みんな私の噺を聞きにきているだけですよ」

「うーむ」

繁蔵は唸り、辰吉と目が合った。

「辰吉、ただで済むとおもうなよ」

繁蔵は突き刺すような鋭い目つきで言った。

「仕方ねえ。帰るぞ」

繁蔵は謝りもせずに帰って行った。一同は繁蔵が家から離れたと思うと、ため息をついた。しかし、まだ丁半を再開はしなかった。すぐに戻ってくるかもしれないからだ。

「きっと、おめえを狙《ねら》ってのことだ」

圓馬が高座の上から、扇子の先を辰吉に向けた。

一同も辰吉に顔を向けた。

「あっしを？」

辰吉は自分を指した。

「捕まえた男が釈放されたのが気に入らないんだろう。繁蔵は誇り高い奴だ。それに執念深い。これからもお前を付け狙うかもしれねえな」

「でも、あっしの疑いは晴れたんですから」

「おめえがいる限り、今夜また繁蔵が狙ってくるかもしれねえ。今日は悪いことは言わねえ。さっさと帰りな」

圓馬は言い放った。

「そうだ、帰れ」

中盆の男が邪険にするように言った。

「わかりましたよ」

辰吉はしぶしぶ、その場を立ち去った。

外は真《ま》っ暗闇《くらやみ》であった。

裏口から外に出ると、路地角で何か動く気配がした。

辰吉は警戒しながら足を進めた。

その路地を通りすぎる時、ふと繁蔵と豚鼻らしい姿が目の端に入った。

圓馬が言った通り、繁蔵はまだここにいて、あとでまた一度押し込みをかけるつもりだったのか。

辰吉は通油町に向かった。

暗くてわからないが、繁蔵がついてきているに違いない。変なところに行くわけではないが、繁蔵は隙《すき》あらば何らかの口実で辰吉を捕まえようとしているのだと感じた。

辰吉は大人しく通油町の牢獄長屋に向かった。

翌日、昼過ぎ。

辰吉は圓馬から聞いた佐賀町の信吉を訪ねようとした。

永代橋を渡っていると、向こうから大きな男が思い詰めたように下を向きながら歩いてきた。

辰吉はその顔に見覚えがあった。

小網神社、寶田恵比寿神社で襲ってきた者たちの中にいた男だ。

ふたりの間が手の届くところまで来ると、大きな男はふと顔をあげた。

「あっ」

辰吉を見るなり、声をあげた。

襲ってきた男のひとりに間違いない。

「ちょっと、いいか」

辰吉は重い声で話しかけた。

「な、なんだ」

男は警戒気味に返した。

「信吉っていうのはお前か」

「……」

「どうなんだ」

「そうだが」

「俺を嵌めやがったな」

辰吉は自分の言葉に憎しみがこもっているのを感じた。ここで怒りを爆発させて、喧嘩にでもなればすぐに繁蔵がやって来るかもしれない。

「本当にお前が彦三郎さんを殺したと思ったんだ」

信吉は少し震える声で言った。

「どうしてだ」

辰吉が怒りをおさえて問い詰めた。

通行人が顔をこっちに向けていたが、気にしなかった。

「彦三郎さんと揉《も》めていたし、次会ったらただじゃおかねえと言っていたから」

「それだけのことで決めつけるのは早くねえか。彦三郎が死んだのを機に、俺を陥《おとし》れようとしたんじゃねえのか」

「そんな卑怯《ひきょう》な真似はしねえ」

「本当か？」

辰吉は睨《にら》みつけた。

しかし、相手の目はおどおどしていたが、嘘を吐《つ》いているかどうかわからなかった。

「まあいい。とりあえず、俺は彦三郎を殺した奴を突き止めたいんだ。そいつが俺を陥れたのかもしれねえからな」

「誰だってお前がやったと思うに決まっている」

「何を抜かしやがる」

辰吉はつい声が大きくなったが、すぐに繁蔵の顔が頭をよぎった。信吉は辰吉を恐れているようでもあった。

「お前の言い分だと俺を下手人にしたのはわざとじゃないっていうんだな」

「当たり前だ。みんな、お前だと本気で思っていたんだ」

「この間、俺たちを襲った連中はいまどこにいる？」

「どうするんだ？」

「話をききに行くんだ」

「それは止《よ》しておいた方がいい」

「どうしてだ」

「この前のことで根に持っている。悪いことは言わない。やめておけ。どんな汚い手を使うかわからない連中だ」

辰吉は信吉という男を不思議に思った。パッと見た感じは体が大きくて恐い男なのだろうと思いきや、実は気の小さいところがありそうである。

「あんな奴らすぐにやっつけるさ。で、家はどこなんだ」

辰吉はきいた。

「いや、知らねえ」

信吉はいきなり走って逃げ出した。

普段の辰吉なら追いかけた。しかし、いまはどこかから繁蔵に睨まれているかもしれない。辰吉は追いかけることなく、普通に歩き出した。目では信吉が佐賀町の路地を入って行くのを追っていた。

二

その日の夕方。

『日野屋』の庭に夕陽《ゆうひ》が差し込んできた。

今日は、朝から少し動けば汗ばむ陽気だった。

昨日、辰五郎はお凜から少し離れた場所で、奉行所から出てきた辰吉を見た。思ったより元気そうで安心した。

辰五郎は女のことを調べるために出掛けようと、上がり框《がまち》から下りて、草履《ぞうり》に足を入れた。

その時、片貝《かたがい》木綿の長着の駿河屋彦太郎が暖簾《のれん》をくぐってきた。

「彦太郎さんじゃありませんか」

辰五郎は驚いたように声をかけた。まさか彦太郎が訪ねてくるとは思わなかったから、声がつい大きくなってしまった。

実はこれより一刻（二時間）ほど前、彦右衛門が辰吉の疑いが晴れたことでやって来た。

「どうされましたか？」

辰五郎がどんな用なのか予想も出来ないできいた。

「彦三郎のことでお詫《わ》びに参りました」

「それでしたら、さっき彦右衛門さんがいらっしゃいましたよ」

「父が？　そうでしたか」

どうやら知らない様子であった。

「これからお房のことを調べに行こうとしていたんです」

辰五郎は安心させるように言った。

「でも、辰五郎さんはもうこのことを請け負いたくないのではありませんか？」

彦太郎は心配そうにきいた。気を利かせる父の元に育ったからであろうか。彦太郎にも父と同じような血が流れているのだ。そして、辰吉にも俺と同じ血が……。辰五郎は思った。

「なぜそのようなことを？」

辰五郎はきいた。

「お房のことで動くのは、本当は嫌なのではないかと思いまして」

彦太郎はもう一度きいた。

「いいえ、そんなことはありません」

「そうですか。でも、お房を探すとなれば大変手間もかかるでしょう。そこまでしてくださらなくても」

「一度引き受けたことは必ず致します。それに、もうすぐお房のことはわかると思いますので」

「もし、お房が見つからないということであれば、無理して探さなくてもいいですよ。親父もそこまで辰五郎さんの手を煩わせようとしているわけではないと思います」

彦太郎はくどかった。

気を利かせているというよりも、遠回しに調べて欲しくないと言っているのではないかとも感じ取れた。

辰五郎は少し引っかかったが、

「わかりました。でも、お房は神田花房町に住んでいるということを聞いたんです。もし引っ越していたとしても、近所のひとが知っているかもしれません。見つけられるのももうじきだと思います」

「そうですか」

彦太郎はなぜか不服そうに帰って行った。

その後を追うように、辰五郎も『日野屋』を出た。

辰五郎は筋違橋を渡った。

ここは八ッ小路《やこうじ》といって、江戸城から上野《うえの》の寛永寺に続く御成道《おなりみち》と、日本橋を起点として本郷方面へと続く中山道《なかせんどう》が交差する場所である。この二つの筋を含む八つの道が交差することから、八ッ小路と言われている。このあたりは武家地と町人地の境界でもあるため、火除地《ひよけち》としての広場もある。

花房町は筋違橋のすぐ先で、目の前には大きな馬場が見えた。

そこの自身番屋に顔を出すと、月番の五十年輩の家主が応対した。

「すみません。大富町に住む辰五郎といいます。ここら辺りにお房さんという方はいらっしゃいますか」

「お房さん？　聞いたことありませんが、最近引っ越してきたひとですか」

「いえ、まだこちらにいるかはわかりませんが、一年前までは花房町にいたはずなんです」

「どうも覚えがありませんな……」

「大きな猫目で美人の」

「大きな猫目……、もしかしたら花房神社の近くの三軒長屋に住んでいるあの女かな」

「花房神社というのは？」

辰五郎が聞いたことのない神社だった。

「花房町代地にあるんです」

「花房町代地？」

「ちょうど、神田相生町《あいおいちょう》の方です。寛政五年（一七九三）の湯島無縁坂《ゆしまむえんざか》から出火した大火で神田川周辺にあった町が類焼したんです。翌年、そこに住んでいた人々が、旗本永井伊織《ながいいおり》さまの屋敷跡を代地として与えられて移転してきました。そのため、この一帯は花房町代地、須田町《すだちょう》二丁目代地、小柳町《こやなぎちょう》三丁目代地、松下町《まつしたちょう》一丁目代地などと呼ばれる町になったんです……」

話好きらしい家主は町の歴史を語りだした。

辰五郎は家主の話が終わるのを待って、自身番を出た。

それから、辰五郎は花房稲荷《いなり》神社の鳥居の前に来た。ほんの小さな神社で長屋二軒ぶんほどの大きさしかない。ここから、近くの三軒長屋を探すつもりだ。

パンパンという、手を叩く音が聞こえた。

辺りを見渡していると、二十二、三の女が神妙な面持ちをして、社殿の前で手を合わせている。

もしや、お房ではないか。

そんな気がして、辰五郎は女に近づいた。

女はすぐに辰五郎の気配に気が付いたようで、

「何か」

と、不審そうな顔を向けた。

「失礼ですが、お房さんですか？」

「いいえ。お房さんはすぐそこの路地を入って、三軒目のお家《うち》です」

女は家の場所を指した。

「わかりました。ありがとうございます」

辰五郎は丁寧に礼を言った。

「お房さんをお探しで？」

女が何か考えるような顔をして言った。

「はい」

辰五郎は短く答えた。

「ここ数日行方《ゆくえ》がわからなくなっているんですよ」

「え？　何かあったんですか」

「わかりません。ただ、お房さんを探している男たちがいたんですよ。その男たちが私の母にぶつかって、母が倒れて足を怪我《けが》したんです。ここにお詣《まい》りに来たのも母の怪我が早く治るようにと思って」

「どんな男たちでしたか？」

「母を置き去りにして、すぐに行ってしまったようでよくわからないみたいなんです」

「母上はいまお家にいらっしゃいますか」

「おりますよ」

「お話をお伺いに行ってもよろしいですか」

「別に構いませんが、何を調べてらっしゃるのですか」

女が少し訝《いぶか》しむようにきいてきた。

辰五郎はすぐに相手の気持ちを汲《く》み取り、

「お房さんと良い仲になったひとが少し揉め事をおこしまして。私がその人の代わりにお房さんと話すことになりまして」

と、穏やかな口調で言った。

「揉め事ですか？」

「男女の仲なので」

辰五郎は曖昧《あいまい》に言った。

「色々調べておきたいわけですね」

女は勝手に納得して歩き出した。鳥居を出て、すぐの角を左に曲がる。

「この路地を右に曲がったところです」

女が説明を加えた。

路地木戸をくぐった三軒長屋の奥に女の家はあった。

「母とふたりで住んでいるんです。少し散らかっていますが」

女は腰高障子《こしだかしょうじ》を開けた。

散らかっていると言っていた割に、小ぎれいにしてある四畳半に、白髪交じりの女が壁に寄りかかり、足を伸ばして座っていた。

「おっ母さん、こちらの旦那が怪我をさせた男たちについてききたいって」

「お聞かせ願えれば」

辰五郎は頭を下げた。

「こんな恰好《かっこう》で申し訳ございませんが、上がってください」

母は体を動かそうとした。

「そのままで。無理なさらないでください。私はここで」

辰五郎は上がり框に腰を下ろした。

「怪我の具合は如何《いかが》ですか」

「だいぶ良くなりました」

「どこでぶつかったんですか」

「私が外出先から帰って来たときに、路地から男たちが出てきて、木戸口でぶつかったんです」

「男たちは何人だったんですか」

「倒れてうずくまってしまったんです。だからその男たちのことをあまりよく見ていないんです。それが二人だったのか三人だったのかもわからないんです。ただ、ちょっと聞こえた言葉で、『お房はまだ金を持っていますかね』と聞こえました」

男たちは、なぜお房がその金を持っているというのは、『駿河屋』から取った五十両のことだろうか。しかし、金を持っているということを知っていたのだろうか。

「他には何か言っていませんでしたか」

「いいえ、覚えておりません」

母は言った。

「そうですか」

辰五郎は立ち上がり、

「じゃあ、お大事に」

と、家を出て行った。

翌日の昼過ぎ、辰五郎は楓川沿いを歩いて、『駿河屋』へ向かう途中で雨に降られた。

傘を持っておらず、濡《ぬ》れていくのは先方に失礼だ。

ちょうど、近くの蕎麦《そば》屋が開いていたので、雨宿りに入った。

床几《しょうぎ》が八つあり、半分くらいが埋まっていた。

辰五郎は入り口側の床几に座った。

ざっと店内を見渡すと、近くにいる老人は酒を呑《の》んで、後ろの若い武士は蕎麦を食べていた。奥に背中を向けた商家の若旦那風の男が座っていた。

小女がやってきて、

「何にいたしましょう」

「そうだな。酒をもらおうか」

「かしこまりました」

小女は奥に行った。

雨が思いのほか強くなってきた。

辰五郎の後から四組来て、床几は全て埋まってしまった。

「どうぞ」

酒が運ばれてきたときに、三十手前の細い傘を持った女が入って来た。

「申し訳ございません。いっぱいなんです」

小女は頭を下げた。

「いえ、待ち合わせをしているんですが」

「でしたら、あちらの方ですか」

小女は待ち合わせのことを客から聞いているのか、奥に背を向けている商人風の男の床几へ通した。

女は首を傾《かし》げながら近づき、その男の顔を覗きこんだ。

「はい？」

男が言った。

「すみません、人違いです」

女は店内をもう一度確認したが、いないとわかると細い傘を差して出て行った。

声を掛けられた男は残念そうにして、戸口を見つめた。

彦太郎であった。

辰五郎は席を立った。

そのまま彦太郎の傍《そば》に近づき、

「彦太郎さん」

と、声をかけた。

「えっ？」

彦太郎は振り向いた。

驚いた顔をしている。

「辰五郎さんがどうしてここに？」

「『駿河屋』に伺う途中で雨が降ったので、ここで雨宿りしようとしたんです。入り口の近くの床几に座っていたら、彦太郎さんが見えましたので」

「そうでしたか」

彦太郎は落ち着きを失ったように、目がきょろきょろした。

「お連れさまをお待ちで？」

「え、ええ……」

「まだお見えになりませんか」

「もうじき来るはずなんですが、もしかしたら私が日時を勘違いしたのかもしれません。それより、辰五郎さんはなぜうちに？」

「昨日、神田花房町に行ってきたんです。そしたら、お房は花房町代地に住んでいるようでした。でも、ここのところ行方知れずになっているとか」

「行方知れず？」

彦太郎は驚いた声を出した。

「それに、行方知れずになった日に、不審な男たちが近所に現れていたみたいなんです。その男たちが『まだ金を持っていますかね』と言ったそうなんです。もしかすると、その男たちは『駿河屋』からの五十両の件を知っているのではないかと思いまして」

「そんなことを……」

彦太郎は考えるように腕を組み、

「じゃあ、お先に失礼します」

と、勘定を済ませて、雨の中を出て行った。

辰五郎は何か引っかかるものがあった。

雨が止んで、店を出た。それから、『駿河屋』に行った。だが、彦右衛門は外出したばかりだった。また出直すことにして、辰五郎は引き上げた。

三

翌日、辰吉はどうしてもと言われて、金もないことなので久しぶりに牛込の隠居のところに刀剣の目利きに行った。最近、多く刀を譲りうけたらしく、今日だけでは見切れないので、明日も頼むと言われて仕方なく引き受けた。

帰り道、隠居からもらった二朱の金をすぐに賭場で増やしたかったが、圓馬のところへ行っても邪険に扱われるだけだ。それに、今日も誰かに付けられている視線を感じていた。

繁蔵がずっと付けているかはわからないが、豚鼻の男が繁蔵の代わりに辰吉を付けているのかもしれない。

辰吉はその顔を確かめたくなったが、相手も警戒してか一定の距離はずっと保っている。

これからずっとこの生活が続くのはたまったもんじゃない。

夜になって相談するために、『一柳』に来た。

裏口から入り、

「親分はいらっしゃいますか」

近くにいた若い奉公人にきいた。

「居間におりますよ」

「あがらせてもらいます」

辰吉は廊下を進んだ。

「親分、辰吉でございます」

「入れ」

襖を開けると、煙が漂ってきた。

忠次は片手に煙管を持ちながら、座る場所を指示した。

「どうした？」

「ここのところ、ずっと付けられているような気がするんです」

「付けられている？」

「繁蔵親分だと思います」

「繁蔵親分が？」

忠次は顔をしかめた。

「何かやましいことはあるのか？」

忠次がきいた。

「いえ、ありません」

圓馬の家に行った以外は、本当に何もやましいことはない。

「それなら、普通に過ごしていればいい」

「そんなこと言ったって、ずっと見張られていちゃ気味が悪いですよ」

「そのうち、向こうも諦めるさ」

「そのうちって、いつですか」

「さあ、今日かもしれないし、明日かもしれない」

「一月っていうこともあり得るんですか」

「まあ、本当に疑わしいと思ったらそうだろう。ただ、繁蔵親分だって、彦三郎殺しだけを受け持っているわけじゃない。忙しくなれば、お前のことはおざなりになる」

「そうですかね……」

辰吉は納得できないように首を傾げ、

「親分の力で何とかならないですかね」

と、きいてみた。

「俺には出来ることもない」

「何となしに、繋蔵親分にやめてもらうように言うだけでもいいんです」

「素直に引き下がるとは思えんぞ」

「なぜ、あっしを疑っているんでしょうね。このままじゃ、真の下手人を逃してしまうじゃありませんか」

「俺にはよくわからねえ」

繋蔵には辰五郎以外あまり強く言い出せないことは、辰吉にもわかっていた。捕り物の世界も上下関係が厳しそうだ。

「ところで、最近は何しているんだ。解き放たれた日から会っていなかったな」

忠次がきいた。

「いま彦三郎を殺した男を突き止めようと思っているんです」

辰吉は力強く言った。

「止した方がいい」

「どうしてです？」

「危険だ」

「危険？」

「そもそも、どんな相手かわからない。繋蔵親分に任せておけ」

「でも、繁蔵親分はあっしを疑っているし、誰かがやらなくちゃ真相はつかめませんよ」

辰吉は言って、

「それより、どうして忠次親分は下手人を探そうとしないんですか」

「それは繁蔵親分の受け持ちでな」

「だったら、あっしがやるしかないじゃありませんか」

辰吉は強く言った。

「やっぱし、親子だな」

忠次が頼もし気に呟《つぶや》いた。

「どういうことです？」

「辰五郎親分が、お前の無実の証を立てるために動いている。繁蔵親分にお前がやったと申し出た男たちを訪ねたんだ」

「え？　じゃあ、信吉たちを問い詰めたんですか」

「そうだ」

忠次は頷《うなず》いた。

辰吉はまさか、父がそこまでしているとは思っていなかった。ということは、圓馬のところに忠次がききに行ったのは、辰五郎に頼まれてのことだろう。

「でも、親父がどうしてそこまで？」

辰吉には疑問であった。

「お前のことを心配していたからだ」

忠次は当たり前のように言う。

「まさか……」

「お前も辰五郎親分の気持ちをわかってやったらどうなんだ」

「……」

辰吉は返事が出来ないでいた。

「まあ、いい。でも、もしこれからその男たちのところに行くんだったら、まず辰五郎親分に話してみろ。話が早いぞ」

「そうですが……」

辰吉はなかなかそういう気持ちにはなれなかった。

『一柳』を出て、すぐ裏の路地に入った。牢獄長屋のとば口、辰吉の家の前に藤色の袷《あわせ》を着た見知らぬ女の後ろ姿が見えた。

「何かごようで？」

辰吉は声を掛けた。

女が振り向くと、大きな猫目で鼻筋がすっと通った綺麗《きれい》な顔が目に入った。

「あんたが辰吉さん？」

女は答えがわかっているように言った。

「ええ」

辰吉は警戒する目つきになった。女が自分の名前を知っていて、突然訪ねてくるなんて、何か裏があるに違いない。

「それで、どんな用なんだ？」

「匿《かくま》って欲しいの」

「匿う？」

「ええ、ちょっと揉め事があって、変な奴らに追われているの」

「待ってくれ。俺がその巻き添えになるのはまっぴらだ」

辰吉は強く断った。

しかし、女は縋《すが》るようでもなく、当たり前のように、

「大丈夫。そいつらは私がここに隠れていることは気付きやしないだろうし、仮に気

づいたとしても、あんたならすぐに倒せるわ」

と、言った。

「どうして、そんなことがわかる」

「私にはわかるの。とりあえず、あがらせてもらうわ」

「おい、ちょっと」

女は勝手に障子を開けて、中に入って行った。

辰吉も慌てて後について入った。

「殺風景な部屋ね」

「うるせえ。それより、なんで勝手に」

「だって、助けてくれるでしょう？」

「え？」

「助けてくれるに決まっているわ。私は良《よし》っていうの」

あまりの図々《ずうずう》しさに言葉をなくした。

お良は勝手にあがって、真ん中で足を崩して座った。

辰吉はその前に胡坐《あぐら》をかいた。

「本当に居座る気か」

「ええ」

お良は当たり前のように答える。

「いつまで?」

「そいつらが諦めるまでずっと」

「いつ諦めるんだ」

「さあ」

そんなことは気にしないといった素振りだ。

あまりにも腹が立ったので、明日の朝になったら追い出すつもりでいると、

「ただでとは言わないわよ」

と、お良が言った。

「金をくれるのか」

辰吉は声の調子を変えた。

「ええ」

「いくらだ」

「一両でどう?」

「いいだろう。そもそも、どうして俺のことを知っている?」

「柔術で強いんでしょう。風の噂《うわさ》できいたわ。あっという間に四人の大男をやっつけたって」

寶田恵比寿神社で襲われたときのことを知っているのかと思った。

「もしや、お前さんを追っている相手っていうのは、その男たちか？」

「ええ、そうよ。これで話がついたわね。お腹空《す》いていない？　何か食べる？」

「うちに何もねえよ」

「何か食べに行きましょうよ」

「食べにって、また襲われたらどうするんだ」

「あんたが守ってくれる」

お良はよくわからない笑みを浮かべて言った。

夜になった。

どこからか、野良犬の遠吠《とおぼ》えが聞こえた。月がまん丸で、ちょうど満月のようだった。

「きれいね。静かなところで、ずっと月を眺めていたいわね」

お良は月を指して、ほほ笑んだ。

辰吉はそんなことはどうでも良かった。

「ねえ、知ってる？　昔の通人は川面《かわも》にうつる月を舟の上から見てお月見をしたんだって。金さえあれば、そんなことも出来るのよ」

お良は羨《うらや》ましそうに言った。

「俺には縁のない話だ」

辰吉はぶっきら棒に言った。

「それもそうね」

お良はどこかあざ笑うかのように、鼻を鳴らした。

「で、何を食う？」

辰吉は苛《いら》立《だ》ちながらきいた。

「そうねえ」

ふと見ると目の前に屋台が出ていた。

「あそこにしましょう」

「夜鳴き蕎麦だぞ」

「ええ、いいわ」

「お前さんみたいな者の舌に合うかどうか」

辰吉は嫌味っぽく言った。

「構わないわ。そうしましょう」

ふたりは蕎麦を食べることにした。

ふたりで三十二文。

辰吉が仕方なく払おうとしたところ、女が横から代金を支払ってきた。

「払ってくれるのか」

「ええ、用心棒代とは別よ。お金なさそうだし」

お良は小馬鹿にするように言った。

「でも、お前さんは本当に用心棒代を出せる金があるのか」

「ええ、あるわ。当分暮らす分もね」

「どこかで働いているのか」

「いいえ。貯《た》めたお金よ」

「ふうん」

辰吉はそれ以上深くきかなかった。

蕎麦が出来上がって、二人の前に出された。

熱いものを啜りながら食べた。食べるのはお良が辰吉よりも早かった。食べる姿は素が出るという。この女は食らいついたら離さないで、あっという間に平らげてしまう、一体この女は何者だろうと思った。


蕎麦を食べてからすぐに長屋へ戻った。

もう夜も遅く、眠気がやって来た。

ふとお良を見ると、眠そうであった。

「同じ一つ屋根の下で寝ても構わねえのか」

辰吉がきいた。

「ええ、あんたなら構わないわ」

それをどういう意味でとらえたらいいのかわからない。だが、辰吉の警戒する心は変わらず、お良に手出ししようとは思わなかった。

それでも、いざ就寝となると、胸がざわついた。

「そういや、布団がひとつしかねえ」

辰吉は布団を敷きながら言った。

「こんなに暖かいんじゃ布団がなくても平気よ」

「でも、朝は少し冷えるかもしれない。とくに女の方が冷えやすい」

「まさか、あんたが布団を使う気じゃないでしょうね」

「当たり前じゃねえか。俺の布団だ」

「器の小さいひとね」

お良は布団を引っ張って自分がその上に横になろうとした。

「なんだと」

辰吉は引っ張り返した。

「ちょっと、それでも男なの！」

お良が怒ったように言った。

辰吉は手の力がゆるんだ。

「じゃあ、おやすみ」

辰吉は仕方なく、布団に入らなかった。

朝は思ったほど冷えなかった。

辰吉は七つ半（午前五時）に目を覚ましたが、お良はまだ眠っていた。何にも恐いものなどないように、すやすやと眠っていた。

辰吉がご飯を炊いて、みそ汁をつくった。魚屋の善太郎が来たので、辰吉は買いに外に出た。

隣のおかみさんがいた。

辰吉を見て、

「あの綺麗な女のひとは誰なの？　お前さんのいい人かい」

「いや、そんなんじゃねえんだ。ちょっと訳があって」

辰吉は魚の切り身を買って逃げるように土間に入った。

辰吉が鰆《さわら》を焼いていると、においにつられてかお良がむくっと起き上がった。

「おはよう。朝飯を用意してくれて、すまないね」

お良がにこっと笑った。

「何言ってやがんだ。これは俺の食べる分だ」

辰吉はわざと意地悪く言った。

「あんた二切れも食べるの？」

「そうだ」

「一切れにしておきなさい。私が残りは食べるから」

お良は起き上がって、辰吉の手から箸《はし》を奪った。

「おい、ここには箸が一膳《ぜん》しかねえんだ」

「じゃあ、私が食べ終わるまで待っていればいいじゃない」

「おれの家だぞ」

「そんなの関係ないわ」

「まったく……」

辰吉はあきれ果てていた。自分は台所からもう一膳箸を持ってきていた。

お良は魚の骨を綺麗に剝《は》がし、さっさと食べ終えた。

鰆の骨の載った皿と共に、袖《そで》から一両小判を取り出して渡した。

「約束の金よ」

「もうくれるのか」

辰吉は手を伸ばした。

「いつまで、ここに居座る気だ？」

「まだわからないわ。安全になったら、ここを出て行くわ」

辰吉は鰆を食べ始めた。

「そういえば、蓄えがあるって言っていたな」

「ええ」

「いくらあるんだ？」

「当分の間暮らせるくらいよ」

「それはこの間も聞いた。で、いったい、いくらなんだ」

「しつこいね。あんたが手にしたことないくらいの額だよ」

「十両？」

「そんなもんじゃないわ」

「二十両？」

「もっと」

お良はぶっきら棒に言った。

「そんなことどうでもいいじゃない。それより、あんたは何して稼いでいるの？　どうせ博打《ばくち》とかでしょうけど」

辰吉は腹立たしく思ったが、強くは言えなかった。ついこの間まで、牢に入れられていたことも黙っておいた。

「ねえ、これからどこへ行くの？　まさか、一日中寝て過ごすわけじゃないでしょう」

お良の問いに、辰吉はしばらく答えられなかった。自分を陥れた男を探していることも言いにくかった。

「ちょっと、仕事してくる。お前さんはここにいな」

「私も付いて行くわ」

「ダメだ」

「どうして？　あんたがいてくれなきゃ用心棒にならないじゃないの。それにあんたがどんな仕事をしているのかも見てみたいし」

「一緒にいると仕事が出来ねえ」

「そんなこと、気にしないで。遠くから見ているだけだから」

「仕事って言っても大したことはしてねえ。刀剣の目利きだ。それを見たって面白くもないだろう。ここでじっとしていれば安全だ」

「いいじゃない、遠くから見ているわ」

「とにかく、付いてくるんじゃねえぞ」

辰吉はそう言い付けて、長屋を出た。

後ろを振り向くと、腰高障子の隙間からお良の顔がちらっと見えた。辰吉は手で追い払うようにして、路地木戸を出て行った。

辰吉は一刻ほどかかって牛込神楽坂《かぐらざか》の隠居の家まで来た。

いつものように裏口から入り、桜の大木がある庭に面している二十畳ほどの広間に入った。

「おお、来たか」

隠居はもう七十を超えているはずだが、張りのある声で言った。背筋も伸びており、とても七十とは見えない。下手したら五十代半ばと言われても納得してしまうほどである。たいていのことを受け入れられる包容力を備えており、辰吉がいくら何をしても文句を言ったことがない。そんな人柄が顔ににじみ出ていた。

そんな優しい顔に似合わない物騒なものを、まるで子どもを可愛がるように見て、目を細めている。

「どうだ」

「いや、今回も素晴らしい品々です」

「そうだろう」

自分が褒められたかのように、顔をくしゃりとさせてよろこんでいる。

「それで、今日は何を見ましょう」

「いや、わしもいつも頼んでばかりいるが、下手の横好きで大分刀剣の目利きが出来るようになった。それで、わしの目利きが当たっているかどうかを確かめて欲しいんじゃ」

「わかりました。お安い御用で」

「まず、これだ」

隠居は懐紙を口にくわえ、手袋をして両手でやさしく持ち上げた。懐紙は息が刀にかからないように注意しているとのことだ。辰吉は普段そのようなことを気にしないで刀剣の目利きをしているが、この隠居の仕事をするときには、同じように懐紙を口にくわえる。

真剣な目で刀を見つめた。峰がかなり反っている。

「これは和泉守兼定《いずみのかみかねさだ》かな」

隠居が差し出した。

「拝見します」

辰吉が丁寧に受け取り、刀を明るい方にかざした。

兼定ではないと思ったとき、庭の柴垣《しばがき》の塀からお良の顔がのぞいているのに気づいた。

「あっ」

辰吉は思わず声を上げた。

「どうしたんだ」

隠居は心配したようにきいた。

「いえ、ちょっと知っている顔が外に見えたので」

まだお良の顔が見えている。

「辰吉さんのいい人かい」

隠居も一緒に見ていた。

「いいえ、そんなんじゃないんですが、ちょっと知り合いで」

「まあ、若い頃《ころ》はそんなもんだな」

隠居は何か勘違いしているようで、にこやかに笑っていた。

「本当にそんなんじゃありませんって」

と言ったとき、お良の顔がいきなり消えたと同時に、お良の叫び声が小さくきこえた。

辰吉は、はっとした。

「ご隠居、ちょっとよろしいですか」

辰吉は刀を返した。

「どうしたんだ」

「あの女が何か悲鳴をあげたような気がして」

「そういや、何か声が聞こえたな。辰吉さん、行ってきなさい」

辰吉は急いで裏口を飛び出した。

近くには高田穴八幡《たかだあなはちまん》があった。ちょうど坂を上る右手である。

お良が四人の男に囲まれていた。

「おい！」

辰吉は声を掛けた。

四人は一斉に振り向いた。

寶田恵比寿神社で襲い掛かってきた連中だ。信吉の顔もあったが、少し離れた場所にいた。

「あんた、助けておくれ」

お良が叫んだ。

辰吉は勢いよく駆け出した。

すると、その中でも一番年長の細目の男が匕首を懐から取り出し、お良に向けた。

「少しでも近づいてみろ。この女の首を掻《か》っ切るぞ」

辰吉は思わず立ち止まった。

その瞬間、お良は細目の男の腕にかみつき、するりと腕を抜け出た。

辰吉はその瞬間を逃さず、細目の男に向かった。

細目の男は匕首を振り回した。

辰吉は近づけない。その隙に残りの三人が後ろへ回った。

匕首を持っている男が一番強いだろう。

後ろの三人はたいしたことはない。その中でも手ごたえが少しでもありそうな男に狙いを定めた。

辰吉はぐるりと体の向きを変え、その男に突進して腕を取った。

「はっ」

掛け声と共に力を入れると、その男は宙を舞った。

お良は鳥居の陰からこっちを見ていた。どこか楽しむような顔つきにも見えた。

細目の男は辰吉に刃《やいば》を向けながらも、お良を気にしていた。その男がお良に気を取られた隙に辰吉は男に飛び掛かった。

「この野郎」

細目の男が叫んだ。

辰吉は足をかけ、男を倒して、匕首を奪った。

辰吉は匕首を構えた。

「どういうわけであいつを狙っているのか知らねえが、ちょうどいい折だ。嘘の証拠で俺を牢に送りこんだのはお前たちだな」

「……」

男たちは何も言わなかった。

「さあ、何か答えてみろ」

辰吉は声を張った。

「引くぞ」

細目の男たちは去っていった。

お良がはしゃぐように駆け寄って来た。

「やっぱり、あんたは強いのね」

そういう声が弾んでいる。

「全く、だからついてくるなって言ったのに」

「いいわよ。何かあったら、あんたが助けに来てくれるって知っていたから」

「ちぇっ」

辰吉は呆れたように言った。

四

八つ（午後二時）過ぎ、辰五郎は『駿河屋』を訪れ、いつもの奥の立派な部屋に案内された。

ここのところ、辰五郎は探索のために方々に行っているからか、少し疲れが見え始めていた。

しかし、早くお房を探さなければという思いが、辰五郎を焦らせた。

「辰五郎さん、先日はおいで下さったようで。何かわかりましたか？」

彦右衛門が留守を詫びてからきいた。

「お房の住んでいるところを突き止めたのですが、どうやら姿をくらましているらしいのです」

辰五郎は説明した。

「金を手に入れたのでどこかへ行ってしまったのでしょうか」

「いえ、何か悪いことに巻き込まれているらしいのです。というのも、男たちがお房の家に探しに押し寄せてきたようなんです。それきり、お房がいなくなったようでして」

「もしや、彦太郎のことが関《かか》わっているんでしょうか？」

彦右衛門は心配そうにきいた。

「もしかしたら、そうですね。『金をまだ持っていますかね』とお房を探しに来た男が仲間に言ったらしいんです」

「しかし、あの五十両のことは『駿河屋』の体裁にも関わることですので、世間には知られていないはずですが……」

彦右衛門の顔色がさらに陰った。

「そうですか。おかしいですね」

辰五郎は腕を組んで考え、

「もしかしたら、お房が言ったのかもしれませんよ」

と、可能性を示唆《しさ》した。

「お房が言った？」

「たとえば、五十両を要求したのは、お房だけの仕業ではなくて、裏に何人かいて、仕組んでしたということだって考えられます」

「なるほど。はじめから彦太郎に狙いをつけていたとも考えられなくはありませんね」

彦右衛門は大きく頷いた。

「ちなみに、あの金のことは誰が知っているんですか」

辰五郎はきいた。

「こちらでは、私と彦太郎、そして番頭の茂兵衛しか知りません。まさか彦太郎が自分の家から金を取ろうなんて考えないでしょうし、あの茂兵衛だってそんなことはしないはずです」

背の低い番頭の顔が思い浮かんだ。真面目そうで、融通の利かなそうな顔をしている。

「茂兵衛さんが奉公人につい口を滑らせてしまったということも考えられませんか」

辰五郎が言った。

「全く考えられませんね」

彦右衛門は否定した。

「どうしてです?」

「茂兵衛は『駿河屋』のことを誰よりも大切にしているんです。言うなということを絶対に口外はしません。元々、十五年ほど前の火事があったときに親が死んで、ひとりになったまだ十二、三だったあの男を私が引き取って働かせてやったんです。その恩を感じて、『駿河屋』には忠義を立ててくれるんです」

　彦右衛門が言った。

　その時、襖の方に目を見遣ると、人影がよぎった。彦太郎のような気がした。

「どうかされましたかな」

　彦右衛門が不審そうにきいた。

「いえ、いま彦太郎さんが襖の外にいたようで」

「我々のことが気になるのでしょう。あいつはどこかお房の肩を持っているような気がしてなりません。惚《ほ》れて自分の子まで宿した女だから特別な思いを抱いているのかもしれませんがね」

　彦右衛門がため息をついた。

「そういえば、この間彦太郎さんがうちにやって来て、もう調べないでもいいと言ってきたんです。もしかしたら、これ以上調べられたら何か知られたくないことが出てくると警戒しているのではと思いまして。それに」

　と、辰五郎は続けた。

「先日蕎麦屋で誰かと待ち合わせていました。お房ではないかと」

「うーむ、そういうことも考えられますかな」

隣の部屋から赤子の泣き声が聞こえてきた。すぐに廊下を伝う音がして、誰かが隣の部屋に入る音も聞こえた。

「あの子のことで、何か彦太郎は隠していることがあるのかもしれません」

彦右衛門が考えながら言った。

それは、辰五郎も前々から思っていたことだった。

「お房を問い詰めることが出来れば、それもわかると思います。どうかお房を見つけてください」

彦右衛門は懇願するように言った。

「わかりました。私はお房の行方を捜します。もし、こちらに来るようなことがあれば、お知らせくださいい」

辰五郎はそう言って、立ち上がった。

『駿河屋』を出た辰五郎は本材木町の方に歩き出したが、これからどこへ行こうか考えた。

まず、お房の行方がわからない限り話にならない。その鍵《かぎ》を握っているのが、お房を探してきた男たちだが、そいつらの正体がわからない。

お房がそのうち『駿河屋』に顔を出して、また金をせびろうとする可能性も考えられた。

ただ、辰五郎はこれからやみくもにお房を捜すわけにもいかない。ある程度、目星がつけばいいのだが……。

彦太郎は内緒でお房と会っているのかもしれない。子どもまで産ませたくらいだ。まだ気持ちが残っていることもあり得る。

やはり、先日の待ち合わせの相手はお房だったのではないかと思った。

そんなことを考えていると、本材木町一丁目の方から、大柄な男たちの顔が目に入った。松賀町の章介、加賀町の菊太・菊次兄弟、そして佐賀町の信吉だった。

辰五郎は陰にかくれて、過ぎ去るのを待った。

それから後を付けた。

四人は『駿河屋』の暖簾をくぐった。

辰五郎はなぜあの男たちが『駿河屋』に行くのだろうと不思議に思って、土間に入った。

客が四、五組いた。

大柄な章介が小柄な番頭の茂兵衛と何やら話している。

「若旦那を呼んでくれ」

「どのような御用で」

「会えばわかる」

「あいにく、いま若旦那はおりません」

「じゃあ、帰ってくるまで待たせてもらおう」

「商売の邪魔になりますから、お引き取りください」

「なに。出て行けだと？」

章介の態度が変わった。

「そんな大きな声を出されたら困ります」

茂兵衛は注意した。

「俺たちは若旦那と話がしたいんだ。若旦那と会えなければ帰れねえ」

章介は荒っぽい口調で言った。

周りの客たちは好奇の目で四人と茂兵衛を見ていた。

「番頭さん」

辰五郎が声をかけた。

「辰五郎さま」

茂兵衛はほっとしたような顔をした。

「おい、お前たち。ここで何をしているんだ」

と、辰五郎は四人に話しかけた。

「あっしはここの若旦那に会いに来たんです」

「ともかく、外へ行こう」

辰五郎が提案した。

「ここでいいじゃありませんか」

「商売の邪魔になるだろう」

「邪魔しに来ているわけではございませんよ！　若旦那に会えれば、すぐ帰るんですから」

章介は意固地になったように言った。

彦太郎が奥から長暖簾をくぐって出てきた。

「あ、若旦那」

茂兵衛が声をかけた。

「何の騒ぎだい」

彦太郎がきいた。

「この人たちが若旦那に用があるそうなのですが」

彦太郎は警戒したように四人を見た。

「彦太郎さん、この連中を知っていますか」

「いえ、知りません」

「ともかく外へ」

辰五郎は四人と彦太郎を外に連れ出した。茂兵衛も付いてきた。

表通りから一本入ったところに来た。周囲に誰もいなかった。

「お前たち、彦太郎さんにどんな用があるんだ」

辰五郎が言った。

「あっしらはお房さんから頼まれて、若旦那から金をもらいに来たんです」

「お房？」

辰五郎は驚いて、

「お前たち、お房とどういう関係だ」

「ただの知り合いですよ」

「彦太郎さん、お房さんにこういう知り合いがいるのを知っていますか」

「いえ、知りません」

　彦太郎は首を横に振った。

「若旦那が知ろうが知るまいが、あっしは若旦那から金を受け取って来てくれと頼まれただけですから」

「金を渡しちゃいけません！」

　茂兵衛が口を挟んだ。

「今までに何回あの女が来たと思っているんです。そもそも最初に五十両を渡したのが誤りでした。この人たちは金をむしり取ろうと企む悪党です。また支払ってしまっては、ずっと同じことが続きますよ」

　茂兵衛が注意した。

「おい、番頭さん。口には気をつけな」

　章介が脅すように言った。

「まあ、待て」

　辰五郎が割って入った。

「そもそも、お前たちは本当にお房の遣いの者なのか？」

辰五郎が訝し気な目を章介たちに向けた。

「もちろんです」

章介が言った。

「実はお房はここ数日姿をくらましているんだ。それも、誰かに追われているようだ。もしかして、お房の金を狙って追いかけたのはお前たちじゃねえのか」

あくまでも推測だが、あの金のことを知っているとなれば、この男たちとしか考えられない。ただ、どういうわけで金のことを知って、さらにお房を追うことになったのかはまだ想像はつかなかった。

「彦太郎さん、お房がこの者たちに任せるとは考えられますか」

「いえ」

「お前たち、お房の金を狙っているんじゃねえのか」

「そうじゃありません。本当にお房に頼まれたんだ」

「じゃあ、お房はどこにいるんだ。お房に会わせろ」

「……」

「そういえば、お前たちは彦三郎とも親しかったな」

「まあ」

「お房と彦三郎は繋がっているのか」

「俺たちは皆仲間なんだ。だから、お房に頼まれたんだ」

「でも、お房は追われているんだ。仲間だったら助けるんじゃねえのか」

「だから、俺たちが守っているんだ」

「長屋にお房を探しにきた男たちが、木戸口で女にぶつかって怪我をさせた。それがお前たちじゃないのか」

「知らねえ」

章介は顔をこわばらせながら答えた。

「じゃあ、その怪我した女に顔を見てもらってもいいか」

「ちぇっ」

章介たちは文句を言いながら引き上げようとした。

「待て、まだ話がある」

辰五郎が呼び止めた。

「お房はどこにいるんだ？」

「……」

章介たちは逃げ出すように駆け出した。

「彦太郎さん、お房と彦三郎さんはどうやら顔見知りのようですね」

「さあ、わたしはよくわかりません」

「もしかして、この間蕎麦屋で待ち合わせしていたのは、お房だったんじゃないですか」

辰五郎は急に思い出して言った。

「いや、違います」

彦太郎は目を伏せ、

「すみません。もう店に戻らなくてはいけないので。番頭さん」

と、声をかけて店に戻って行った。

辰五郎はその後ろ姿を見送りながら、やはり彦太郎は何かを隠していると思った。

彦三郎とお房が繋がっていることで、彦三郎殺しもこのことに関係あるのではないかと疑った。

第四章　父と子

一

気が付くと部屋の中は暗くなってきていた。行燈《あんどん》に火を入れるのが億劫《おっくう》だった。『一柳』の客の宴《うたげ》の声や鳴り物の音が風に乗って聞こえてきた。辰吉とお良はずっと押し黙っていた。昼間、牛込の高田穴八幡でお良を襲ってきたのは信吉たちだった。信吉たちがなぜ襲うのかとお良にきいても、私の金を狙《ねら》っているだけだということで詳しい事情を話そうとしない。お互い意固地になったようにさっきから睨《にら》み合っていた。

急にお良は何か食べに行きたいと言い出した。

「それより、さっきの話の続きだ」

「……」

お良は無視して、

「『一柳』っていう料理茶屋はどう？」

と、立ち上がった。

辰吉は呆《あき》れながら、

「あそこは駄目だ」

「どうして？」

「俺《おれ》のお世話になっている忠次親分のところだからだ」

「そう……。じゃあ、どこにする？」

お良は辰吉が不機嫌なことも意に介さず平然と言う。

「鰻《うなぎ》だ」

と、強引に決めた。

辰吉も腹が空《す》いていた。

大伝馬町二丁目にある安くて旨《うま》いと評判の店に行くことにした。評判倒れだったとしても、どうせお良の金だ。

鰻屋の店構えは古く、枯れていたが、それがかえって風情《ふぜい》があった。ここの鰻が目当てで遠くから足を運ぶひともいるという。

店内は武士や町人などでごった返していたが、何とか端のほうに座った。

辰吉はとりあえず、酒を頼んで、白焼きを二人前もらった。

「あいつらは何でお前さんを襲ったんだ」

辰吉は周りの客にきこえないように、話を蒸し返した。

お良は答えようとせずに、白焼きを箸《はし》で大きく割いて食べていた。

「おい、きいているのか」

辰吉は怒ったように言った。

お良は睨みつけて、箸を止めた。

「事情も分からないのに、お前さんを守れるか。それなら、もう用心棒なんかしねえ」

辰吉は怒ったように言った。

「私の金を盗もうっていうんだ」

「そいつは何度も聞いた。いったいどういう金なんだ」

「……」

「いくらあるんだ」

お良は少しためらいながら、

「五十両よ」

「どうやって手に入れたんだ」

辰吉はきいた。

「手切れ金よ」

お良は辰吉の目をじっと見つめた。

「誰《だれ》かの妾《めかけ》だったのか」

「まあ、そんなところよ」

「誰の妾だったんだ」

「若旦那《わかだんな》だよ」

「それより、五十両はどこにある？」

「十両は懐に、残りはあんたの家の畳の下よ」

「俺の家？」

辰吉ははっとして、まさかと立ち上がった。

「どうしたの？」

「あいつら俺の長屋を知っているんだ。後は頼んだ」

辰吉はお良が何か言うのを背中に聞いて、鰻屋を飛び出した。

牢獄《ろうごく》長屋まで一目散に走った。

木戸を駆けこむと、路地に誰もいない。

辰吉の家の腰高障子《こしだかしょうじ》が少し開いていた。

慌てて中に入った。

天窓からのぼんやりした灯《あか》りだけでも、家の中が荒らされているのがわかった。しかも、畳が上げられていた。

背後に人の気配がして振り返ると、隣家のおすみが立っていた。

「さっき、体の大きな男たちが来て何かをしていたわ」

「いつだ」

「ほんの少し前」

お良が土間に入って来て、

「あっ、やられちまった」

と、声をあげた。

辰吉はなぜもっと警戒しておかなかったのかと、悔しさを嚙《か》みしめた。

「お前さんはここにいろ」

辰吉は四人が住んでいる深川に向けて走り出した。

堀江町入濠《いりぼり》沿いから小舟町のかつお河岸《がし》沿いを進み、箱崎、北新堀《きたしんぼり》を通り抜けて、永代橋に差し掛かった。

大川の両岸には灯《とも》りが点っていた。

橋を渡り切ったあたりに、四人の大きな人影が見えた。

あいつらに違いないと思った。

四人は辰吉の足音に気が付いたのか、振り向いた。

辰吉は傍《そば》に行った。

「やっぱり、おめえらだったか」

と、声を荒らげた。

「来たのか」

いつもの兄貴分のような男の笑いを含んだ声が聞こえた。

「金を返しやがれ」

「何のことだ」

「俺の家から盗んだ金だ」

「そんなの知らねえ。とっとと失《う》せやがれ」

兄貴分が言い放った。

「返せ」

辰吉は男に摑《つか》みかかった。

それと同時に、いきなりふたりの男が辰吉に飛び掛かってきて、腕を摑まれた。兄貴分の男は懐から布に包まれたものを取り出し、

「信吉、持って帰れ。それと、松下《まつした》先生を呼んでくれ」

「はい……」

信吉はおどおどしながらそれを手にすると、深川の方へ向かって駆け出した。

辰吉は自分の両手を摑んでいるふたりの男を振り回し、投げ飛ばした。

しかし、男たちはすぐに立ち上がり、今度は匕首《あいくち》を取り出して下から突き上げるように突進してきた。

辰吉は体を躱《かわ》した。

ひとりの男は体勢を崩し、そこに辰吉が蹴《け》りを入れた。

もうひとりの男に飛び掛かって、腕を取って捻《ひね》った。

さらに、兄貴分の男に襲い掛かろうとした。兄貴分は匕首を取り出した。

「うっ」

また、後ろから男たちに体を押さえられた。

これまでと違い、男たちは必死に食らいついてきた。

辰吉は肘《ひじ》で相手の腹部を打った。

兄貴分は匕首を構えて突進してきた。

辰吉は身を躍らせて飛び掛かり、相手の匕首を蹴り上げた。匕首は宙を飛んで大川に落ちた。

その時、橋を駆けてくる音がした。

浪人風の男が兄貴分の横で止まった。

「松下先生」

兄貴分が言った。

いかつい顔で、眼光が鋭く、胸板の厚い三十過ぎと思える浪人だった。

「こやつか」

「ええ」

「では、容赦しないぞ」

松下と呼ばれた浪人は刀を抜いて、正眼に構えた。巨木のように大きく思えた。

出来る！

辰吉は身を固くした。

他の男たちも辰吉を狙って匕首を構えていた。

辰吉は身動きできなかった。
「わしに任せておけ」
松下は男たちに言ったと同時に、ツカツカと迫ってきて、
「えいっ！」
と、鋭い気合と共に刀を振り下ろした。
辰吉は思わずのけぞった。
ビュンと空を切った。切っ先が目の前をかすめた。
休む間もなく、刀を掬《すく》い上げてきた。
辰吉は後に飛びのいた。
「小僧、やるな」
松下は再び正眼に構えた。その構えに隙《すき》はない。
じりじりと間合いを詰めてきた。
辰吉は後退《あとじさ》りした。
だが、間合いは詰まった。
松下がいきなり横一文字に斬《き》りつけてきた。
辰吉は尻《しり》もちをついた。

松下が刀を振りかざした。

辰吉はすばやく下駄を取って投げた。松下は刀で下駄を弾《はじ》いた。

その隙に相手の刀を奪おうと手元を目指して飛び込んでいったが軽く躱され、切っ先が辰吉の肩口をかすめた。

血が出てくるのがわかった。辰吉は不思議と痛みを感じなかったが、このままでは危険だ、逃げるしかないと思った。

松下はまた迫ってきた。

「ちくしょう」

辰吉は松下に背を向けて、一目散に駆け出した。


辰吉は息を切らして箱崎町まで戻って来ると、お良と出くわした。

「なんで出てきたんだ」

辰吉はなじった。

「あんたのことが気になって。怪我《けが》しているじゃない」

「かすり傷だ。あいつら、浪人を雇いやがった」

「浪人を？」

「いくら何でも刀を構えられたら、素手ではかないっこねえ」

「それで、引き上げてきたのかい」

「ああ」

「案外だらしないのね」

お良は嘆いた。

「なに言ってやんでえ。今日は分が悪い。明日出直そう」

「仕方ないね。明日、絶対に取り返してきなさいよ」

お良は少し怒ったように言った。

そして、牢獄長屋に足を進めながら、

「お前さんは彦三郎のことも知っているんじゃないか」

と、辰吉はきいた。

「どういう間柄なんだ」

「それはいいじゃないの」

「ずっとはぐらかしているな。ちゃんと聞かせてもらおう」

辰吉は立ち止まり、

「どうなんだ」

と、問い詰めた。

「彦三郎は私のいい人だったんだよ」

お良は渋々言った。

「いい人だと?」

「それで、手切れ金っていうのは彦三郎との手切れ金か?」

「違うわ。彦三郎の実家の『駿河屋』から貰《もら》ったの」

「どうして、勘当した倅《せがれ》の手切れ金なんか『駿河屋』から貰えるんだ」

「話すと長い訳があるんだけど……」

お良が言いよどんだが、

「言ってみろ」

と、辰吉は間髪を容《い》れず答えさせた。

「彦三郎とは別に、兄の彦太郎との間に子どもが出来たの。妾の子どもとして育てるのは可哀想《かわいそう》だから、子どもを引き取ってもらう代わりに手切れ金として五十両をもらったの。どうせ、あの夫婦の間には子どもはいなかったし、ちょうどよかったんじゃないかしら」

お良は悪びれもせずに言った。

「その子に未練はないのか」

「全然」

「彦三郎を殺した者に心当たりはないのか」

「もしかしたら、金を奪った連中じゃないかと思うけど」

「その仇《かたき》を取りたいと思わないのか」

「仇？」

お良は不思議そうな顔をした。

「彦三郎が死んで悲しいと思わないのか」

「別に。私にはそういう気持ちがまったくないの」

お良は自嘲《じちよう》気味に言った。

「そうか……」

辰吉はお良が恐ろしい女だと思うよりも、どこか可哀想に思えてきた。

そうこうしているうちに、ふたりは牢獄長屋にたどり着いた。

家に入り、

「明日こそはちゃんと取り返してよね」

と、お良は責めるような口調で言った。

二

翌日、雨が本降りだった。

足元が悪いから、『日野屋』に来る客は少なかった。

夕方に、

「すみません、親分」

と、忠次が訪ねてきた。

紺の上等な長着を尻端折《しりはしょ》りにしていた。

辰五郎は店の奉公人に命じて、桶《おけ》に濯《すす》ぎの水を入れて持ってこさせた。忠次が足を洗ってから、居間にやって来た。

「どうしたんだ？」

向かい合うと、辰五郎がきいた。

「ちょっと、親分のお耳に入れておきたいことがございまして」

「なんだ」

「実は辰吉が、彦三郎殺しの真の下手人を探すのに動いているんです。それで、今度あの四人の男たちのところに事情をききに行くと言っておりまして」

「あいつが？」

「ええ。やはり岡《おか》っ引《ぴ》きの血を引いているなと思いまして」

「それはない。あいつは何より俺を、岡っ引きを嫌っていたからな」

「辰吉は牢《ろう》の中で七兵衛に助けられて、親分の話を聞いたそうなんです」

忠次が言った。

「七兵衛っていうと、あのおふくろ想《おも》いの七兵衛か」

「ええ。あいつから、親分が自分を追い詰めていたために女房の死に立ち会えなかったと語られたそうなんです。あいつがもしあそこで捕まらなかったら、もっと大きな罪を犯していたかもしれないということを辰吉は聞いているはずです」

「でも……」

辰五郎は考えながら、

「あいつは俺のことを恨んでいるはずだ」

と、寂し気に言った。

「そんなことありませんよ」

忠次は励ますように言った。

「これをきっかけに、辰吉をあっしの手下にしたいと思っているんですが」

忠次は力強く言った。

「すまねえな」

「ともかく、辰吉をあっしの手下に誘ってみるつもりです。それと、もう一つ困ったことがありまして」

「困ったこと？」

辰五郎はききかえした。

「繁蔵親分のことなんです。辰吉が彦三郎殺しの下手人だと思っていたのに、辰吉が解き放たれて面目を失っているはずです。未《いま》だに繁蔵親分は辰吉が殺《や》ったと思っているのか、しつこく辰吉を付け狙っているらしいんです」

「繁蔵が？」

「親分の方から一言でも繁蔵親分に忠告していただくことは出来ませんか」

「繁蔵はそう簡単に引き下がらないだろう」

「ですが、このままでは」

「わかった。赤塚さまのところに行ってみよう」

「でも、赤塚さまは繁蔵親分に強く言えないですから」

「まあ、とりあえず赤塚さまに相談してみる」

辰五郎は畳に手をついて、立ち上がろうとした。

「これから行くのですか」

「ああ」

「雨がひどいですよ」

忠次は心配そうに言った。

「事は早いほうがいい」

「そういえば、最近辰吉に女が出来たらしいんです」

忠次が思い出したように言った。

「女？」

「ほんの二、三日前からですけど、一緒に暮らしている女がいるらしいんです。あっしはまだ辰吉から何も事情を聞いていないんですが、常に一緒にいるみたいで、将来を考えた女なのかどうかわかりませんが」

忠次が言った。

「あいつももうそんな歳《とし》か」

辰五郎は感慨深く呟《つぶや》いた。

それから裏口に向かい、傘を持って外に出た。

忠次も後を付いてきた。

「お前はまだお役目に付いている身だ。繁蔵との確執があると、これから何かと差しさわりがあるだろうから、赤塚さまのところへは俺ひとりで行ってくる」

辰五郎はそう言い、忠次は通油町へ戻って行った。


雨は弱まる気配を見せなかった。辰五郎は足元がびしょびしょになりながらも、八丁堀の赤塚の同心屋敷までやって来た。その頃《ころ》には、外は薄暗くなっていた。

門をくぐって、玄関に向かった。

「ごめんくださいませ」

と、声をかけた。

すぐに若党がやって来たので、

「旦那はお帰りですか」

と、辰五郎はきいた。

「ええ、帰っております。勝手口の方にお回りください」

辰五郎は勝手口に回った。

足を洗ってから、裏庭が見渡せる居間に行った。

赤塚新左衛門は奉行所から帰って来たばかりのようだった。

「辰五郎、こんな雨の日にどうしたんだ」

と、不審そうに言った。

「彦三郎殺しの件でお願いがございまして」

「またか」

「はい」

「もう、お前の倅ではないとわかっただろう」

「そうなのですが、箱崎町の繁蔵がまだ辰吉を付け狙っているそうなんです」

「付け狙う？　どうして」

「おそらく、面目を失ったと感じて、辰吉をどうしても下手人に仕立て上げたいようなんです」

「しかし、それはお前の見立てでしかないわけだろう」

「え、ええ……」

「それなら、本人にきいてみない限りわからないじゃないか」

「ですので、私から直《じか》に言うと角が立ちますので、赤塚さまにお願いしたいと思います」

辰五郎は頼んだ。

赤塚は浮かない顔をして、

「うーむ」

と、唸《うな》っている。

「でも、わしが言ったところで……」

赤塚は弱気に言った。

「お願いします」

辰五郎は再び頭を下げた。

「わかった」

赤塚は渋々受け入れた。


辰五郎は赤塚の同心屋敷を出た。雨はさっきより弱まっていた。

未だにお房の行方《ゆくえ》がわからないので、少し焦りを感じた。

しかし、彦三郎とお房が繫《つな》がっていることから、もしかしたら彦三郎殺しもここで繫がっているのではないかと思った。それに、章介、菊太、菊次兄弟、そして信吉だ。

この四人が何か知っているに違いない。

　辰五郎は足を深川に向けた。

　大川の水はいつもより増していて、永代橋は滑りやすかった。辺りはすっかり暗くなっていた。

　佐賀町の舟宿『船正』に顔を出した。

「いらっしゃいまし」

　出迎えたのが、この間と同じ年増《としま》の女中であった。

「あっ、先日の親分さん。また信吉に用ですか」

「ええ」

「今日、信吉は来ていないんです」

「来ていない？」

「ええ。何でも具合が悪いということですが、様子を見に行ったときには熱っぽくはなかったですし、ただのなまけかもしれません。でも、今日はこんな雨で客も多くないだろうということで、休ませてあげたんです」

「じゃあ、信吉は家にいるのだな」

「そのはずです」

「あいつの家はどこだっけ」

「この裏に入って、三つ目の路地を右に曲がった三軒長屋の左手奥です」

女中が教えてくれた。

辰五郎はさっそく、そこに向かった。木戸を入った。

古びた長屋が雨のせいで、余計に汚く見えた。

辰五郎は信吉の家の腰高障子を開けた。

畳も敷いていない、板敷の部屋だった。

部屋の奥に男がこちら側に背を向けて横になっており、辰五郎が入って来たのに気が付いて、むくっと起き上がった。

「あ、あなたは……」

「大丈夫か」

「ええ。何でしょう」

「ちょっと、ききたいことがあるんだ」

「何でしょう」

信吉はおどおどした様子でもう一度きいた。

「この間『駿河屋』に来たとき、お房に頼まれて来たと言っていたな」

「はい」

「いったい、お前たちと彦三郎とお房はどんな間柄なんだ？」

辰五郎が単刀直入にきいた。

「……」

信吉は答えない。

「何かやましいことがあるのか」

「いえ、そんな……」

信吉は口ごもり、何かに怯《おび》えているようである。

「『駿河屋』の件と彦三郎殺しは何か関係があるのか」

辰五郎は踏みこんできいた。

「私は知りません」

信吉は慌てて否定し、

「『駿河屋』の件も、彦三郎さんが殺された件も私は何も知りません。本当です」

と、訴えるように言った。

「落ち着け。まず、彦三郎とお前たちはどういう間柄だ」

「仲間のような者です」

「なんだか曖昧《あいまい》な言い方だな。仲間ではないということか」

「まあ、そうですね」

「では、どうして繋がっている。互いにうまい話があるのか」

「うまい話といいますか……」

「金か？」

「ええ」

「つまり、彦三郎に雇われたんだな」

辰五郎は確認した。

信吉は頷《うなず》いた。

「どうして、彦三郎がお前たちを雇った？」

「手伝ってほしいということで」

「何を」

「辰吉という男にやられたから、仕返しをするとのことで……」

しかし、そういう経緯《いきさつ》があって、この男たちが辰吉に悪意を持って、繁蔵に辰吉がやったのではないかという風に申し出たと考えられた。

「辰吉はどうして彦三郎と揉《も》めたんだ」

「おそらく、賭場《とば》で……」

「賭場？」

「私から聞いたとは言わないでくださいよ」

「心配すんな。で、どんなことだ」

「彦三郎さんは金に困っていたようで、よく賭場に顔を出していたんです。そこで何か金のことで揉めたんじゃないかと思うのですが」

「金に困っていたのに、お前たちを雇おうとしたのか」

辰五郎は眉間《みけん》に皺《しわ》を寄せた。

「もう少ししたら金が入ってくるとのことでした」

「金が入ってくるというのは？」

「どういう訳かはわかりませんが、『駿河屋』から五十両をふんだくるということでした」

「待て」

辰五郎は話を中断し、頭の中で整理した。

その五十両というのは、彦太郎との間に出来た子どもに対する金であるはずである。

それなのに、彦三郎が関《かか》わってくるとはどういうことなのか。

もしかして、彦太郎の子どもだと言っておきながら、実は彦三郎の子なのではなかろうか。兄弟だから血は繋がっているし、顔も少しは似てくるはずだ。それを上手《うま》く利用したのではなかろうか。

「本当にどういう訳で五十両をふんだくれるかは知らないのか」

辰五郎は確かめた。

「ええ、全く教えてくれません。もしかしたら、章介兄貴なら何か知っているのかもしれませんが」

信吉は語尾が弱々しくなって言った。

「それで、お前たちはその五十両のことを知って、お房から取ろうとしたのか？」

「いえ、最初は彦三郎さんから、辰吉をやっつけるのに加勢することで、十両を貰うつもりだったんです。ただ、彦三郎さんは我々が辰吉にやられたからと言って、十両を払ってくれなかったんです。そのうちに彦三郎さんが殺されました。だから、お房さんから取ろうとしたわけです」

「なるほど。彦三郎から貰えなかった。で、その彦三郎は誰かに殺された。ちょっと、待て。何か引っかかるな」

「え、なんです？」

「もしかして、お前たちが殺したんじゃないだろうな」

「いいえ、私はやっていません」

「お前、さっきも私はと言っていたが、他の者たちはやったということなのか」

「いいえ、よくわかりません。ただ、あの人たちであれば、それくらいするかもしれないとも思っただけです」

信吉は震える声で言い、

「私が言ったということは絶対に内緒にしてくださいよ」

と、もう一度付け加えた。

「わかってる」

辰五郎はあまりにしつこいので呆れながら答えたが、事の真相は章介が知っているのではないかと思った。

三

翌日、昨日来の雨は朝方には止《や》んでいたが、曇り空だった。

辰吉は朝からずっと部屋の真ん中で腕組みして考え込んでいた。

「何してるのさ」

お良が責めるように言った。

「あの松下っていう浪人をどうやったらやっつけられるか考えているんだ」

「そんなに恐いの？」

「相当の腕前だ。それに、こっちは武士でもないから、刀なんか持ってないし……」

「牛込へ行けば？」

「ん？」

「この間、牛込神楽坂の隠居の家で刀剣の目利きをしていたでしょう。あそこなら刀がたくさんあるじゃない。どれか借りてくればいいのよ」

お良は当たり前のように言った。

「あれは飾り物だ。戦うための代物じゃない」

「でも、切れ味はいいんでしょう？」

「そうだけど」

「なら、借りてきなさいよ」

「だが、俺が斬ってしまってはまた牢に入れられてしまう」

「斬らないで痛めつけることくらい出来るでしょう」

お良は辰吉の顔を覗《のぞ》きこんだ。

「よし」

辰吉はすぐに草履《ぞうり》を履いて土間に下りた。

「お前さんはここで待っているんだ」

辰吉は言い付けて、土間を出て行った。

辰吉は牛込神楽坂まで重い気持ちで行った。刀を手にする以外に松下という浪人と互角に戦える手だてはない。逆にいえば、刀があれば松下だって、自分の喧嘩《けんか》剣法で勝てると自信があった。

ただ、いつも世話になっている隠居に何と説明したらよいのかわからない。何か適当な理由はないか考えているうちに、牛込神楽坂の坂の上の隠居の家に来てしまった。

辰吉はいつものように、裏口から庭に入って家の中を覗いた。

隠居は懐紙をくわえながら、刀を眺めていた。

「ご隠居」

辰吉は声をかけた。

「これは辰吉さん。どうしたんだ」

「ちょっとご相談がありまして」

「まあ、上がってくれ」

辰吉は縁側から部屋に上がった。

部屋の中には所狭しと刀が並べられており、辰吉は踏まないように隠居の正面の空いている隙間に慎重に座った。

「いったい、どんな相談だ」

隠居が持っていた刀を丁寧に畳に置いてからきいた。

「もし出来ましたら、何でもよろしいので刀を一本お貸し願えればと思うのですが」

辰吉は緊張しながら頼んだ。

「刀を？　なにをするんだ」

隠居が顔色を変え、

「まさか喧嘩に使うんじゃないだろうな」

「……」

「ダメだダメだ。いくら辰吉さんのお願いでも、それは出来ん」

「へい、すいません」

辰吉はあっさり追い返された。

隠居の家を出てしばらく坂を下ったとき、ふと、親父《おやじ》が神棚に置いている十手《じって》を思い出した。あれがあればと思った。だが、借りるわけにはいかない。

目の前に道具屋があるのに気づいた。外から木刀が見えた。

辰吉は店に入った。

辰吉は牛込神楽坂から、小石川《こいしかわ》、神田を抜けて、柳橋《やなぎばし》を渡って、それから大川に架かる両国橋《りようごくばし》を渡り、深川の方へ向かった。

竪川《たてかわ》、小名木川《おなぎがわ》、仙台堀《せんだいぼり》、油堀を越えれば住吉町、その先が佐賀町だった。

佐賀町といえば、大三郎という町を仕切っている男がいる。父、辰五郎との関係で辰吉も知っていた。

辰吉はそこを訪ねた。

「久しぶりだな」

「どうも、ご無沙汰《ぶさた》しております」

「この間、お前の親父が訪ねてきたぞ」

「親父が？」

「ここらに住む信吉っていう男を知っているかと言って」

「え？　信吉を訪ねて来たんですか」

辰吉は驚いて声をあげた。

大三郎は不思議そうな顔で辰吉を見て、

「そんなに大きな声を出して、どうしたんだ」

「いえ、実は私も信吉を探してまして」

「そうか。すぐそこの柳の木があるところの『船正』という舟宿で用心棒をしているよ。もしいなければ、すぐ裏の三つ目の路地を右に曲がった長屋の左手奥にいるから訪ねてみな」

辰吉はそうきいて、まず『船正』を訪ねた。

まだ、昼過ぎで、働いているころだ。

それにしても、父も信吉を訪ねてきたということで驚いたが、彦三郎殺しを調べるときに信吉の名が出てきたからだろう。よく考えれば、不思議でもなかった。

しかし、なぜか心配そうな顔をしながら辰吉の無実を証《あか》そうと奔走する父の姿が脳裏をよぎった。

辰吉が『船正』に入ると、年増の女中が出迎えた。

「おひとりさまでございますか」

「いや、信吉に会いたいんだ」

「信吉ですか？　また何か騒ぎを起こしたんですか」

年増の女中はうんざりしたようにきいた。

おそらく、父も訪ねてきているからだろう。

「いえ、そういうわけじゃないが、ちょっと」

「信吉は、昨日から休んでいるんですよ」

「そうでしたか。家を訪ねてみます」

辰吉はそう言って、裏長屋の信吉の家に行った。

牢獄長屋とは比べ物にならないくらい、古びた長屋だった。

辰吉は三軒長屋の左手奥の腰高障子を叩《たた》いた。

「へい」

もそっとした声がして、しばらくしてから障子が開いた。

「あっ」

「一昨日《おととい》は飛んだことをしてくれたじゃねえか」

辰吉は怒りを含んだ声で言った。

「……」

信吉は答えなかった。

辰吉は土間に入り、上がり框《がまち》に腰を据えた。

「あの金はいまどこにある？」

「さあ」

「とぼけるんじゃねえ」

辰吉は強く言った。

信吉は肩をすくめると、

「本当に俺は知らないんだ。一昨日、松賀町の章介兄貴の家に金を置いてから、それきり兄貴たちからは何も音沙汰はないんだ」

「じゃあ、章介が持っているのか」

「当然、お前が襲ってくるのを見越しているから、どこか他の場所に隠しているだろう」

「いずれにせよ、章介をとっちめればいいんだな」

辰吉は自分に言い聞かすように言い放った。

「それより、お前はどうしてあいつらと一緒にいるんだ。見たところ、お前は奴《やつ》らと色が違うようだが」

「義理があって……」

「どんな義理だ」

辰吉は突っ込んできいた。

「いいから話してみろ」

「俺は元々力士だったんだ。章介兄貴も、菊太さんと菊次さんもみんな同じ部屋の兄弟子だった。あの三人は素行が悪く、相撲《すもう》にはあまり励まなかったからすぐにやめてしまった。俺はひとり親の母のために相撲で成り上がることを夢に見ていたんだ。だが、怪我をしてしまって、引退せざるを得なくなった。そんな時に、仕事を探してくれて、それに小遣いもくれたのが章介兄貴だったんだ。あの時は本当に金がなかったから、後先考えずに金を受け取ったが、そのせいで今こき使われているんだ」

信吉は不貞腐《ふてくさ》れたように言った。

「お前のおっ母《か》さんはいまどこに？」

「もう死んじまったよ」

「そうか。お父《とっ》つあんは？」

「小さい頃別れたきりだ。母が言うにはろくでもない男だったらしい。でも、俺が力士になったのをどこかで知って、回向院に相撲を観《み》に来てくれたらしい。その時、俺はもう引退していたがな」

信吉が切なそうに言った。

ふと、辰吉はどこかで聞いたことのあるような話だと思った。

「おい、お前の親って、もしかして信蔵さんっていうんじゃねえのか」

「そうだが」

「あの親父さんの倅がお前だったか！　そういえば名前も……」

辰吉は声を上げた。

「親父を知っているのか」

信吉は身を乗り出した。

「世話になったことがあるんだ。お前に会いたがっていた」

「でも、俺はいまじゃこんな姿になっちまって、親父に合わせる顔もねえ」

「何言ってんだ。お前はまだ取り返しがつく。もうあいつらの味方をするんじゃねえぞ」

「俺も本当は奴らとは縁を切りたいんだ」

信吉はしみじみ言った。

「お前の親父さんは湯島同朋町だ」

と、辰吉は信蔵の住まいを教えた。

「そういや、彦三郎殺しは、章介たちの仕業なのか」

辰吉はきいた。

「まだわからねえが、実は昨日、そのことで同じことをききに訪ねてきたひとがいたんだ」

「彦三郎殺しでか」

「ああ」

「誰だ」

辰吉はもしやと思った。

「大富町の辰五郎親分だ」

信吉が言った。

「なぜ、親父が……」

辰吉は呟いた。

ふと、親父の顔を思い出しながら、

「親父さんに必ず会いに行くんだぜ」

と、信吉に言った。

それはまるで自分に言い聞かせているようでもあった。

四

雲行きが怪しくなってきた。油堀を通る舟からは「雨が降りそうだから、早く行こう」という声が聞こえ、船頭が櫂《かい》を早く動かした。

辰吉は下《しも》ノ橋《はし》の手前を右に曲がり、油堀沿いに進んだ。加賀町を突き抜け、緑橋《みどりばし》の手前で右に曲がった。大島川《おおしまがわ》に沿って、道が突き当りになり、右にしか行けなかった。そこの角が章介の働いている材木屋であった。

辰吉は店の横の路地を入り、裏に回った。裏には材木置き場があり、大小合わせて四つの蔵があった。蔵の前や壁に直接材木が立てかけられており、目印が付けられていた。

すると、奥の材木が積み上げられているところに、章介と菊太菊次、そして浪人松下の姿が見えた。

ここなら、どこからも人目につかない。

辰吉は木刀を後ろ手に、四人の元へ駆けた。

足音に気が付いたようで、男たちは一斉に顔を向けた。

「待っていたぜ」

章介がにやついて言った。

「ちょうどよかった。聞きたいことがある」

辰吉が章介を睨みつけた。

「金のことか」

「それもそうだが、彦三郎殺しはお前の仕業か」

「何を言いやがる！」

「白状しろ」

「黙れ！　今日はこの前みたいに逃がさねえぞ」

章介が怒りに満ちた声で言った。

辰吉は背中で隠していた木刀を体の正面に持ってきた。

「先生」

章介が横を向いた。

「いくら木刀とはいえ、切っ先を向けるということがどういうことかわかっておろう」

松下が刀に手をかけた。

辰吉は何も言わずに刀を胸の前で構えた。剣術の心得はないので自己流である。しかし木刀を使った喧嘩でも負けたことはない。松下をまじまじと見て、足場を計った。

「章介、ここはわしが」

松下は刀を抜き、正眼に構えた。

「頼みますぜ」

章介と菊太菊次は松下から少し離れたところに立った。三人とも懐に手を入れている。匕首を持っているようであった。三人はそれからゆっくり辰吉の後ろに回り込むように動いた。

辰吉は囲まれる前に、松下に殴りかかった。

次の瞬間、相手の体が目の前から消えた。

辰吉は右から刀が振り下ろされるのを感じ、左足で地面を蹴って飛びのいた。松下の刀がわずかに肩をかすめた。

すかさず、次の一手が正面から来た。

それを顔の前で受け止めた。

相手の刀は重い。

辰吉は体ごとぶつかって行くように思い切り押した。一昨日の悔しさと憤りが混じっているから力が強くなった。

程よいところで、辰吉は木刀を引いた。

松下は前につんのめった。

辰吉は相手の首筋をめがけて叩きつけるように木刀を振り下ろした。

だが、松下が素早く薙《な》いだ。

木刀の先が斬り飛ばされた。

松下はすぐに体勢を立て直し、再び正眼に構えた。

背後から気配を感じた。

振り返り、すぐに横に飛びのいた。章介だった。続いて、菊太菊次兄弟も揃《そろ》って、向かってきた。

辰吉は先の折れた木刀で二人を叩いたが、思わず腰が浮いて力が入らない攻撃になった。

額から流れた汗が目に入った。

片目を瞑《つぶ》った刹那《せつな》、松下の刀が目に飛び込んできた。

辰吉は後ろへ飛びのいた。

足を滑らせ、尻もちをついた。

松下はしめたとばかりに刀を顔の横に構え、じりじりと間を詰めてくる。

辰吉はその姿勢のまま、後退りした。

だが、もう後ろには蔵があり、逃げられなくなった。

斬られる。

そう思ったとき、ガタガタと轟音《ごうおん》が鳴り響き、地面が揺れた。

土埃《つちぼこり》が松下の後ろの方から立ちこめる。

一瞬の隙《すき》が出来た。

辰吉は立ち上がった。

「辰吉！」

と、太い声がした。

「親父！」

辰吉は思わず声をあげた。辰五郎が蔵の壁にかかっていた材木を倒し、助けてくれたのだと気付いた。

「辰吉、刀を奪うんだ」

辰五郎が叫んだ。

松下がうずくまっていた。材木が当たったのだ。

辰吉は片膝をついている松下の腕を取ってひねりあげてから、刀を奪い取った。

「おのれ」

松下は素手で向かってきた。

頭を思い切り峰で打った。

松下は気を失ったかのように倒れた。

辰五郎を見ると、章介と対峙《たいじ》していた。

辰吉は父の元に駆け寄った。

「俺が章介をやる」

と、刀を持ったまま章介に飛びかかった。

辰吉は章介の匕首を弾いて、刀の切っ先を付きつけた。

菊太、菊次の動きも止まった。

「そこにしゃがめ」

辰吉は章介に指示した。

「……」

章介は黙って従った。

ちらっと菊太、菊次を見て、

「お前たちもここに来てしゃがめ」

三人を並ばせた。

「お前らが彦三郎を殺したんだな」

辰吉は強い口調で問い詰めた。

「違う！」

章介は大きな声で叫んだ。

「悪あがきをしたって、もう無駄だ！」

「本当に彦三郎は殺していねえ」

章介は首を横に振った。

「そんな嘘《うそ》が通用するか」

辰吉は刀をさらに突きつけた。

それでも、章介は「やっていない」と言った。

「辰吉、こいつらの話を聞いてやろう」

辰五郎が言った。

辰吉は刀を下ろし、

「何か言い分があるなら言ってみろ」

「俺たちはしていねえ。俺たちはお前がやったと思っていたんだ。だって、彦三郎のことで揉めていたといや、お前しかわからなかった。でも、お房の金を狙っているうちに、もしやあの女がやったのかとも思ったが」

「ちょっと待て、お房っていうのは？」

「牛込で襲った女だ」

「あれはお良だ」

「違う、お房だ」

章介は言い張った。

「お良とはお前が一緒にいる女か？」

辰五郎がきいた。

「そうだ。お良と名乗っている」

「あれはお房だ」

辰五郎が決めつけるように言った。

「どうして、お父つあんが知っているんだ?」

「話せば長くなる。お房は彦太郎という若旦那とも出来ていて、『駿河屋』から金を五十両手切れ金として貰った女だ」

「お良も全く同じことを言っていた」

辰吉はお房がなぜ嘘をついて自分に近づいてきたのか、わからなかった。

「おそらく、お前がこいつらを倒したことを彦三郎から聞かされて、目をつけたんだろう。やはり、やましいことがあるから、名前は偽ったんだ」

「ちっ、騙《だま》された……」

と辰吉は舌打ちをしつつ、

「じゃあ、彦三郎殺しもあいつが?」

と、首を傾《かし》げた。

彦三郎が殺されたのに、全く悲しむ様子もなかったから、そうとも考えられなくはないが……。

「だが、あの女は冷たいが、殺すようなことはしない」

辰吉が呟いた。

「そうだな。彦三郎を殺す理由がない。ちょっと『駿河屋』で気になることがあるんだ」

「え？」

「追って話す。それより、五十両の金はお房が持っているのか」

「いや、こいつらが昨日盗んだんだ」

辰吉が鋭い目で章介を見て、

「金はどこだ。いいやがれ」

と、責め立てた。

「金は家にある」

章介は小さく答えた。

「よし、今から付いて行くから、金を返してもらおう」

章介は項垂《うなだ》れながら歩き出した。

辰五郎が何か言いたそうに口を開いたが、すぐに閉じてしまった。辰吉も何か言おうとしたが、言葉にならなかった。

辰吉と辰五郎は無言で章介のあとを付いて行った。

五

翌日の朝、辰五郎は『駿河屋』を訪れた。

昨日、辰吉の長屋でお房に会うことが出来た。お房から事情を聞いたが、いくつかの疑問が生じた。

番頭の茂兵衛が辰五郎をいつもの部屋に案内してくれた。

部屋で待っていると、彦右衛門が駆け込むようにやって来た。

「お房が見つかったそうですね」

向かいに座るなり、彦右衛門が待ちかねたようにきいた。

「見つかりました」

「あの赤子のことで何かわかりましたか」

「いえ、新しいことは……」

辰五郎は首を横に振り、

「お房は相変わらず彦太郎さんの子であると言い張っております」

「そうですか」

彦右衛門はため息をつき、

「ほんとうに彦太郎の子であれば、『駿河屋』で引き取ることに何の問題もありません。ですが、あとで俺がほんとうの父親だとお房とつるんで名乗り出てくる輩《やから》がありはしないか……」

「駿河屋さん、その心配はありません」

辰五郎は否定した。

「では、子どもは彦太郎の子なのですね」

彦右衛門は目を輝かせてきく。

「そのことで、彦太郎さんにお話を伺いたいのですが」

「そのことで？」

彦右衛門の表情が曇った。

「子どものことで確かめたいことがあるだけです」

「わかりました」

彦右衛門は手を叩いた。

女中がやって来て障子を開けた。

「彦太郎を呼んでおくれ」

「畏《かしこ》まりました」

障子を閉めて、女中が去った。

「章介という男が彦三郎を殺した下手人だったのですか」

「違いました」

「違った？　では、誰が？」

彦右衛門は身を乗りだすようにきいた。

そのとき、失礼しますと彦太郎の声がして、障子が開いた。

「彦太郎、ここへ」

「はい」

彦太郎はやや緊張した面持ちで部屋に入ってきた。

彦太郎は彦右衛門の横に腰を下ろした。

「辰五郎さんがおまえに話があるそうだ」

彦右衛門が声をかける。

「なんでしょうか」

彦太郎は怯えたような目を向けた。

「彦三郎さんとお房が親しくしていたことをご存知《ぞんじ》でしたか」

辰五郎は切り出した。

「知っていました」

彦太郎は認めた。

「どうして知ったのですか」

「じつはひと月ほど前、お得意先に行く途中に彦三郎が待ち伏せていたのです。それで、その夜、言われた場所に行ってみると、お房が赤子を抱えて待っていたのです。兄さんの子だと彦三郎が言い、引き取ってくれないかと」

彦太郎は目を真っすぐ向けて答えた。

「彦太郎さんはすぐに信じたのですね」

「信じました」

「なぜ、ですか」

「なぜって、子どものことでは私にも心当たりがありましたから」

「するとお房は兄弟と契りを結んだことになりますね」

「どういうことですか」

彦右衛門が驚いてきいた。

「一年ほど前から、彦三郎さんとお房は親しくしていたそうです」

「一年前？」

「ええ、彦太郎さんの話がほんとうだとしたら、お房は彦三郎さんと深い仲でありながら、彦太郎さんとも契りを結んだことになります」

「辰五郎さん。今の話はほんとうなんですか」

彦右衛門は衝撃を受けたように目を剝《む》いてきいた。

「彦太郎さんがほんとうのことを話しているならです」

「彦太郎、どうなんだ？」

彦右衛門は彦太郎に顔を向けた。

「……」

彦太郎は俯《うつむ》いて押し黙っていた。

「なぜ、黙っているのだ？」

「彦太郎さん」

辰五郎は呼びかけ、

「ほんとうは、あなたとお房は何の繫がりもなかったのではありませんか」

はっとしたように、彦太郎は顔を上げた。

「私はいとも簡単にお房の子を自分の子だと認め、相手の言うがままに子どもを引き取ったことがどうも素直に頷けませんでした。誰の子かわからないと思うのがふつうでしょう。それなのに、子どもを引き取ろうとした」

彦右衛門が啞然《あぜん》として、辰五郎の話を聞いている。

「それより、あなたは私がお房を調べることをやめさせようとしました。それは、子どもの父親が彦三郎さんだとわかっていたからではないですか」

「なんだって。あの赤子は彦三郎の子だと……」

彦右衛門が目を剝いた。

「彦太郎さん、もう本当のことを仰《おつしや》ってください」

辰五郎は諭すように言った。

「彦太郎。はっきり言うんだ」

彦右衛門が語気を強めた。

「お父つあん、すみません」

彦太郎はやや震えを帯びた声で続けた。

「辰五郎さんの仰った通りです。彦三郎は兄さんの子だと言ったんじゃありません。自分の子だと。でも、今の暮らし振りでは子どもを育てられない。金を融通してくれと言ってきたのです。赤子の顔を見ると、彦三郎に似ていましたので、すぐ彦三郎の子に間違いないと思いました」

彦右衛門が何か言おうとしたがすぐ口を閉ざした。

「私はふたりに本気で子どもを育てる気があるのかとききました。そしたら、彦三郎はなんなら兄さんがこの子を引き取ってくれるかと言うのです。お房も、そうしてもらったら助かると。お房は母親にはなれない。このふたりに子どもは育てられない。そう思って、私が引き取ることにしたのです」

「なぜ、自分の子だと偽ったのだ?」

彦右衛門が問い詰める。

「そうじゃないと、お父つあんたちが受け入れてくれないと思ったからです」

「それにしても、なぜ彦三郎の子を引き取ろうとしたのだ? あいつは身持ちが悪く、勘当をした男ではないか」

「お父つあん。彦三郎はほんとうは気の弱いやさしい男なんです。小さい頃からお父つあんやおっ母さんは私ばかりを可愛《かわい》がり、彦三郎には厳しかった。彦三郎は十歳のとき、ある商家に奉公に出されましたね。自分はお父つあんから見捨てられたんだと言っていました。三年で奉公をやめて戻ってきましたが、『駿河屋』でも小僧さんと同じ扱いで、彦三郎はいつも泣いていましたよ。兄さんばかり可愛がって、お父つあんは俺のことが嫌いなんだって。だんだん、彦三郎はひねくれて自棄《やけ》になっていったんです。そして、逃げ込んだ先が手慰みです。彦三郎は酒と博打《ばくち》でしか、憂さを晴らせなくなっていったのです」

「……」

「私からみても、彦三郎は可哀想だと思いました。一日の仕事が終わったあとに、読み書き、算盤《そろばん》。出来ないと激しく叱《しか》る。それに比べ、私は悠々と過ごしてきました。彦三郎が家を出た気持ちがよくわかります」

「彦三郎は辛抱が足りなかったんだ」

「違います」

彦太郎は彦右衛門をきっと睨んだ。

「この家に彦三郎の居場所はなかったのです。親に認められない子だとすっかりすねてしまい、横道にそれていってしまったのです」

「違う。彦三郎を邪険になどしたつもりはない」

彦右衛門は否定した。

「いえ。今度だってそうです。彦三郎が亡くなったのにお父つあんは少しも悲しんでいませんでした。勘当したからもう他人だとでも言うのですか。弔いもひっそりと済ました。やはり、『駿河屋』にとって邪魔だったんだと思うと、彦三郎が可哀想でならないのです」

「彦太郎。違う。彦三郎のことは……」

「お父つあん。彦三郎にも私と同じように慈しみを持って育てていたらこんなことにならなかったんです」

「……」

彦右衛門は押し黙った。

そのとき、いきなり障子が開いた。番頭の茂兵衛がしゃがんでいた。さっきから盗み聞きをしていたようだ。

「若旦那。それは違います」

茂兵衛が部屋に入ってきて、彦太郎に向かった。

「若旦那はご存知じゃありませんか。旦那さまが毎晩、仏壇の彦三郎さんの位牌《いはい》の前で泣いているのを……」

「お父つあんが泣いている?」

彦太郎が茂兵衛を見つめた。

「そうです。旦那さまは表向きは勘当した倅として突き放した態度をとっていましたが、ひとりになると泣いていらっしゃるのです」

茂兵衛は必死の形相で訴えた。

「どんな子であろうが、我が子が可愛くないわけがないのだと、この茂兵衛、改めて思い知らされました」

「彦太郎」

彦右衛門は静かに口を開いた。

「おまえが言うように、彦三郎をあのような男にしてしまったのは私だ。だが、憎くてしたわけではない。この店を継ぐのは彦太郎だ。彦三郎はどこかの商家に婿に出すことになる。婿入り先で恥をかかないようにしっかり仕込んでおこうとした。奉公に出したのも、他人の飯を食わせることが彦三郎の将来にとってよいことだと思ってやったのだ。だが、先方の旦那があるとき、私にこう言った。申し訳ないが、彦三郎はうちでは面倒を見切れないと」

彦右衛門はやりきれないように顔をしかめ、

「だから三年で奉公から戻し、茂兵衛に頼んで『駿河屋』で彦三郎を鍛え直してもらおうとしたのだ。だが、それがすべて裏目に出た。彦三郎は私に恨みを向けるようになった」

と、彦右衛門は深いため息をついた。

「若旦那、旦那の仰ることはほんとうです」

茂兵衛が再び口を出した。

「奉公先から帰った彦三郎さんを私は仕込もうとしました。でも、彦三郎さんは真剣に商売を覚えようという気はないようでした。奉公先の旦那はこう仰っていました。彦三郎は根気がない。辛抱が出来ない。落ち着きがないと。私もしばらくして、そのことがよくわかりました。若旦那は、後継ぎではない身に失望し、自棄になってだんだん道をそれていったようにお考えでしょうが、それは違います。彦三郎さんはもともと商売人としての器量がなかったのです」

「そんなはずはない。もし、彦三郎が長男だったらちゃんとしていたに違いない」

彦太郎はむきになって反論した。

「若旦那が彦三郎さんをかばうお気持ちもわかりますが、旦那さまが彦三郎さんを慈しんでいたことだけはわかってください」

茂兵衛は訴える。

「茂兵衛。ありがとう」

彦右衛門は礼を言う。

「お父つあん。彦三郎を疎んじていなかったのはほんとうですか」

彦太郎は確かめるようにきく。

「ほんとうだ」

「茂兵衛」

彦太郎が今度は茂兵衛にきいた。

「彦三郎の子どもを私が引き取ることをどう思うのだ？　将来、彦三郎の子がこの『駿河屋』の身代を受け継ぐことになる」

「若旦那がそれでよろしければ、私も大賛成でございます。よそから養子をもらうより、よほどよいかと思います。彦三郎さんの子ですから」

茂兵衛は妙に力んで言った。

ずっと黙って聞いていた辰五郎は何か違和感を覚えた。それが何かすぐにはわからなかった。

「彦太郎」

彦右衛門は声色を改め、

「彦三郎の子をおまえの子として認めよう。そのほうが子どもにとってもいいだろう」

「お父つあん。ありがとう」

「他人が口をはさむことではございませんが」

辰五郎が口を入れた。

「駿河屋さんから頼まれてお房のことを調べた私の考えをお聞き願えませんか」

「なんでしょう」

彦右衛門が促す。

「では、非礼を承知で申し上げます。彦三郎さんの子を彦太郎さんの子とするというのは、彦太郎さんとお房の間に生まれた子ということにするという意味ですね」

「そうです。それなら、子どもが大きくなって出生の秘密に悩むこともないでしょう」

「確かに仰るとおりです。しかし、それでは彦三郎さんの生きてきた証《あかし》を消してしまうことになりますね」

「……」

「彦三郎さんの生きてきた証を大事にするなら彦三郎さんの子として養子にしたほうがよいのではないでしょうか」

辰五郎は彦右衛門と彦太郎の顔を交互に見た。

「そうですね」

彦太郎が頷く。

「番頭さんはどう思いますか」

辰五郎はきいた。

「辰五郎さん。茂兵衛は『駿河屋』の番頭ですが、私たちの家族ではありません。他人の意見はいらないと考えます」

彦太郎がやんわりと突き放すように言った。

「ですが、子どもは将来、『駿河屋』の主人になる身です。番頭さんの意見をきいてもおかしくないと思いますが。なにしろ、番頭さんは一時にしろ、彦三郎さんに商売を仕込んでいたお方ですから」

「いえ。これは家族の問題です」

彦太郎は頑《かたく》なに言い返し、

「茂兵衛。あとはいい。下がってくれ」

と、部屋から追い出そうとした。

なぜ、これほど、彦太郎は茂兵衛の関与をいやがるのか。

「番頭さん。お待ちください」

辰五郎は引き止めた。

「なぜですか。もう茂兵衛には用がないはず」

彦太郎は顔色を変えた。

「彦太郎さん。茂兵衛さんにいていただいて、あなたにお訊《たず》ねしたいことがあるのです」

辰五郎は彦太郎に向かい、

「最前より伺っていると、あなたはずいぶん彦三郎さんを思っているようでした。彦右衛門さんが彦三郎さんの死を悲しんでいなかったと非難していましたが、私はそうは思っていませんでした。彦三郎さんが死んだことを普段と変わらぬ様子で話していましたが、そのとき膝に置いた手が微《かす》かに震えているのに気づきました。彦三郎さんの死を悲しんでいるのだと思いました」

「……」

「私が不思議でならなかったのは、それほど彦三郎さんに理解を示していたあなたが、なぜ彦三郎さんを殺した下手人に怒りをぶつけないのか、ということでした。やはり、彦三郎さんが死んでも悲しくはない間柄だったのかと思っていたのです。ところが、最前の話ではそうではなかった。どういうことなのでしょうか」

「下手人を探すのは私たちの役目ではありませんから……」

「しかし、彦三郎さんを誰が殺したか、知りたいという気持ちがあなたから窺《うかが》えませんでした。いや、あなたには下手人を知ろうという気持ちはなかったのです」

「……」

何か言おうとしたが、彦太郎は口を閉ざした。

「なぜ、あなたは下手人を知ろうとしなかったのか。それはあなたが下手人に心当たりがあったからではありませんか」

彦太郎は狼狽《ろうばい》を隠すように居住まいを正す振りをしてから、

「そんなことはありません」

と、気弱そうに答えた。

「彦太郎さん。あなたは下手人をかばっている。違いますか」

「彦太郎、そうなのか」

彦右衛門が顔を紅潮させ、

「彦三郎を殺したのはどこの誰なんだ？」

と、彦太郎に激しく迫った。

「……」

「なぜ、黙っているのだ」

　彦右衛門は彦太郎から辰五郎に目を移し、

「辰五郎さん。あなたは下手人の見当がついているのですか」

と、迫った。

「推測でしかありません」

「それでも構いません。誰ですか」

「もし、彦三郎さんが殺されず生きていたとしたら、この先、どんな事態になったと想像しますか」

　辰五郎は誰にともなくきいた。

「そのようなことはわかりません」

　彦右衛門が答える。

「彦太郎さんはどうなっていたと思いますか」

「別に……」

「何も変わらないということですか、番頭さんはどうですか。彦三郎さんは『駿河屋』にとってどのような存在だったのでしょうか」

　辰五郎はじっと畏まっている茂兵衛に声をかけた。

茂兵衛はおもむろに顔を上げ口を開いた。

「生涯、『駿河屋』にとっての大きな妨げになると思いました。彦三郎さんは根が腐っていました。自分の子を出しに『駿河屋』から金を出させようとしたことを知ったとき、私はもうだめだと見限りました。ふつうなら子どもが出来たら心を入れ替えてまっとうに働こうという気持ちになるはずではありませんか。それなのに、『駿河屋』から金を出させようとした。彦三郎さんは正業につけません。それは私が教え込んでいるときによくわかりました。まだ、旦那さまが健在なうちは、露骨なやり方はしないでしょうが、若旦那の代になったら、『駿河屋』から臆面《おくめん》もなく金を引きだそうとする。そう思いました」

「だから、あなたは『駿河屋』のためを思って、彦三郎さんを……」

「なんですって。辰五郎さん。今なんと?」

彦右衛門が悲鳴のような声を出した。

「下手人だという証はありません。ただ、彦三郎さんを殺す理由が茂兵衛さんには十分にあると思ったのです」

「茂兵衛、どうなんだ?」

彦右衛門が問い詰める。

茂兵衛の唇が痙攣《けいれん》を起こしたように小刻みに震え、やがて口が開いた。

「雨の日でした。朝早くに得意先に行った帰り、町中でばったり彦三郎さんに会ったのです。私は彦三郎さんに話があるからと、雨が降っていたので近くにあった空き家に誘ったのです。そこで、『駿河屋』から金を奪おうとする真似《まね》はやめてくれと頼みました。彦三郎さんは『駿河屋』の財産の半分は俺のものだ。どんな汚い手を使ってでも半分はもらうと言い、匕首を懐から出して畳に突き刺して私を威《おど》しました。私は彦三郎さんはますます悪くなっていると思いました。生かしておいては必ず『駿河屋』の災いになる。そう思ったとき、畳に突き刺さった匕首を摑んで……。そのあとのことは覚えていないんです。はっと我に返ったとき、彦三郎さんが血まみれで倒れていました。そのあと私は夢中で血の付いた匕首を手拭《てぬぐ》いでくるんで裏口から逃げました。幸い雨だったので、誰にも見られませんでした」

そこまで話したあと、茂兵衛はいきなり低頭し、

「旦那、若旦那。申し訳ありません。私が彦三郎さんを殺しました。ほんとうに申し訳ありません」

「茂兵衛、なんてばかなことを」

彦右衛門が怒りをぶつけるように、

「私は彦三郎を失ったうえに、おまえまで失わなければならないのか。おまえは『駿河屋』にはなくてはならない男なんだ」

彦右衛門は泣きわめくように言った。

「旦那さまを裏切る真似をしてお詫《わ》びの言葉もありません」

「彦太郎さんは感づいていたんですね」

辰五郎はきいた。

「その雨の日、茂兵衛は裏口から帰ってきたんです。態度がおかしかった。妙に興奮していたようでした。その日の夕方に彦三郎が殺されたと知って、もしやと思いました」

「辰吉の長屋に匕首を投げ入れたのは辰吉を助けようとしたのか」

辰五郎は茂兵衛に確かめた。

「はい。事件のあと、繁蔵親分の手下から下手人は牢獄長屋に住む辰吉という男だと聞きました。長屋の部屋を家捜ししたら彦三郎さんの印籠《いんろう》が隠してあったというのです。辰吉さんは今逃げているがすぐに捕まると言ってました。私はなんとかしなければと思い、家捜しをしたあとで凶器の匕首が見つかれば誰かが罪に陥れようとしたのだと思われるかもしれない。そう思って、夜になって辰吉さんの家に匕首を置きに行ったんです。辰吉さんがまさか辰五郎さんのご子息だとは知りませんでした」

「よく話してくれた」

辰五郎が言うと、茂兵衛が手をついて、

「お願いでございます。『駿河屋』から縄付きで出て行きたくはありません。どこか別のところで捕まえていただけるように……」

と、哀願した。

「私は今は岡っ引きじゃありません。茂兵衛さんがほんとうの下手人かどうかも私にはわかりません。彦右衛門さん」

「はい」

「しばらく茂兵衛さんに江戸を離れてもらうわけにはいきませんか」

「辰五郎さん」

彦右衛門は思い詰めた目を向けた。

「ひとを殺《あや》めてはいますが十分に同情が出来ます。また、遺族のほうも許しているのです。罪の償いは何も奉行所に行かなくていい。数年、どこかの寺に入って彦三郎さんの供養をして、それから『駿河屋』に戻られたらいかがかと」

「辰五郎さん。ありがとうございます。ぜひ、そうさせてください」

彦右衛門と共に彦太郎も頭を下げた。

もし、自分が今も岡っ引きだったら茂兵衛を大番屋に引っ張って行ったろうか。同じように始末をしたろうか。

数日後の朝、辰吉はひとりで朝餉《あさげ》をとった。ほんの数日だったが、お良ことお房が一緒だったので、ひとりで飯を食うことが味気なかった。

さっさと食い終えたあと、腰高障子が開いて、忠次が土間に入って来た。

「親分。どうしたんですか、御用があれば、お伺いしましたのに」

「うむ」

忠次は上がり框に腰を下ろし、煙草《たばこ》入れを取りだした。辰吉は煙草盆を差し出す。

忠次は刻みを詰めて火をつけた。

一口吸って煙を吐いてから、

「どうだ、気持ちは固まったか」

と、忠次はきいた。

「へえ。じつはまだ踏ん切りが……」

辰吉は軽く頭を下げる。

「まさか、手下になったら手慰みが出来なくなるからってわけじゃねえだろうな」

「そんなんじゃありません。あっしのような者が岡っ引きになれるのかって……」

辰吉はあわてて言う。

「おめえと辰五郎親分とで章介たちを懲らしめたんだ。あの連中はあちこちで因縁をつけて金をせびったりしていたんだ。おかげで町の人々もこれからは安心して暮らせるのだ。おまえのおかげだ」

「あっしはただ彦三郎殺しの下手人をみつけようとしていただけなんです」

「その心意気はまさに岡っ引きに打って付けだ。俺の手下になって、いつかは親父さんのような立派な親分になるんだ」

「……」

「じつは辰五郎親分に黙っていてくれと頼まれたから言わなかったんだが、おめえが牢から出られたのも親分が無実の証を見つけ、赤塚の旦那を説き伏せたからだ」

と、忠次は切り出した。

「お父つあんが動いてくれたんですか」

「そうだ」

「家から凶器の匕首が見つかったのは、一度繁蔵が家捜しをしたあとだったんだ。そのことから、何者かが辰吉を罠《わな》にはめようとしたのだと、赤塚の旦那にねじ込んだ。あとで、無実が明らかになったとき、取り違えをしたってことで旦那の立場がなくなりますぜと威したようだがな」

「そうだったんですか」

「それからおまえの母親が危篤のとき、親分は七兵衛を追っていた。これ以上罪を犯させてはならないと七兵衛を必死で追っていた。七兵衛を捕まえたあと、俺は親分の家を訪ねた。そしたら、お墓参りに行ったというのでお寺に向かった。墓地に行ったら、親分はおまえの母親の墓の前で泣き崩れていた」

「お父つあんが……」

「そうだ。あんな親分の姿を見たのは後にも先にもなかった。親分は江戸の町の人々が安心して暮らせるように命をかけて闘ってきたのだ。そんな親分の跡を継ぐのはおまえしかいねえんだ。もういい加減、父親と仲直りするのだ。そのためにはおまえから頭を下げるんだ」

煙管《きせる》の火がとうに消えていたのさえ気づかず、忠次は夢中でまくしたてた。

「これほど言ってもわからねえなら仕方ねえ。俺はもう金輪際、おまえとは関わらない。こんなわからずやの男に付き合っていても、俺には何の得もねえ」

忠次は灰吹に雁首《がんくび》を叩いて灰を落とし、煙草入れに仕舞ってから立ち上がった。

「辰吉。じゃあな」

忠次は戸口に向かった。

辰吉の脳裏を自分を助けてくれた信蔵や七兵衛の顔が過《よぎ》った。辰五郎親分がいてくれたらとか辰五郎親分には世話になったとか、ふたりは辰吉の父親に畏敬《いけい》の念を抱いて訴えていた。

「親分、待ってくれ」

辰吉は思わず叫んだ。

振り返った忠次はにやりと笑った。


辰吉は何年振りかで『日野屋』の敷居を跨《また》いだ。

「兄さん、来てくれたのね」

凜が飛び出してきた。

「ああ」

辰吉は微笑《ほほえ》む。

「上がって。親分さんも」

辰吉と忠次は上がった。

「お父つあん。兄さんが帰って来たわ」

凜が奥に知らせに行った。

忠次について居間に行くと、長火鉢の前で辰五郎が座って待っていた。

「親分。辰吉がご挨拶《あいさつ》をしたいというので」

忠次が言う。

「お父つあん。先日はありがとうございました」

辰吉は畳に手をついた。

「うむ。よく来た」

「はい」

「まず、おっ母さんに挨拶をしてこい。凜」

辰五郎は凜に声をかけた。

「兄さん。どうぞ」

凜は辰吉を仏間に案内した。

灯明を点《つ》け、凜は場所を空けた。そこに、辰吉は座り、線香を上げる。

辰吉は手を合わせ、

（おっ母さん。ご無沙汰してすみません）

と、心の中で詫びた。

手を離し、仏壇の前を離れると、

「兄さん、帰ってくれてありがとう。うれしいわ」

凜が涙ぐんだ。

「泣く奴があるか」

「お父つあんのところに行きましょう」

凜は目頭を拭《ぬぐ》って言う。

ふたりは居間に行った。

「お父つあん。これまでのこと……」

辰吉は改めて詫びようとしたが、

「辰吉、そんなことはもういい。それより、今忠次から聞いたが、手下になるそうだな」

と、真顔できいた。

「はい。忠次親分の下で腕を磨き、ゆくゆくはお父つあんのような岡っ引きになりたいと思っています」

「辰吉、よく決心してくれた。俺もうれしいぜ」

辰五郎は顔を綻《ほころ》ばせ、

「忠次、頼んだ。みっちり仕込んでくれ」

と、頭を下げた。

「親分、お顔を上げてください」

忠次は恐縮したようにあわてて応《こた》えた。

「あっしは親分のおかげでどうにか一人前にならせていただきました。このご恩は辰吉を一人前の岡っ引きにすることで返させていただきます」

「お父つあん。ひとつおききしてもいいですかえ」

辰吉は切り出す。

「なんだ？」

「『駿河屋』の茂兵衛という番頭が出家をし、どこかの山門をくぐったと聞きました。ひょっとして、彦三郎殺しと関わりが……」

「辰吉。番頭の茂兵衛がどういうわけで出家をしたのかわからねえ。ただ、仮に茂兵衛が彦三郎殺しの下手人だったとしよう。彦三郎を殺すにはそれなりのわけがあったとしか考えられねえ。おそらく、『駿河屋』のためを思って殺したに違いない。茂兵衛は自訴すればその思いを汲《く》んで遠島ということになろう。遠島となって島で過ごすのと、寺に入って彦三郎の菩提を弔いながら過ごすのとどっちが『駿河屋』の者にとって仕合わせか……。いや、これはあくまでも俺の勝手な想像の話だ」

「わかりやした」

おそらく、父がそのように仕向けたのだろうと辰吉は思った。

「それにしても、『駿河屋』の彦太郎さんは出来たお方だ。彦三郎とお房の子を養子にし、将来は『駿河屋』を継がせるつもりで育てるそうだ」

辰五郎は目を細め、

「それに、お房にはどこぞで呑《の》み屋をやらせてやるそうだ。最初から彦三郎をかばい、お房にも気を配ってやる。なかなか出来ることではない」

と、感心するように言った。

「まるで親分のようなお方ですね」

忠次も感嘆した。

「俺など、足元にも及ばねえ」

「牢内で会った七兵衛さんはお父つあんに感謝していました。裏切る真似をしたことを詫びていたと伝えてくれと頼まれました。それから、信蔵というひともお父つあんのことを讃《たた》えていました」

辰吉は思わず口をはさんだ。

「七兵衛は死んで行ったか」

辰五郎は目を細めた。

「はい。最後は私に微笑んでくれました」

お仕置きで連れて行かれる七兵衛の姿を思いだし、辰吉は胸を詰まらせた。

「辰吉」

辰五郎はいきなり厳しい顔になった。

「ほんとうに岡っ引きになる覚悟は出来たのだな」

「もちろんです」

「厳しい道だ。よいな」

「わかっています」

辰吉は辰五郎の鋭い目をしっかと受け止めた。

「よし」

辰五郎は立ち上がり、神棚の下に立った。そして、柏手《かしわで》を打って一礼し、神棚から恭しく十手をとった。

辰五郎は振り返り、

「辰吉。ここに来い」

「はい」

辰吉は辰五郎の前に行って腰を下ろした。

「俺は『日野屋』を継がねばならなくなって岡っ引きをやめた。だが、いつかこの十手をおまえに受け継がせたいと思っていたのだ。ようやくその日がきた」

辰五郎は右手に持った十手を辰吉の目の前に差し出した。

「辰吉。この十手を受けとれ」

「はい」

辰五郎は両手で十手を摑んだ。ずしりとした重さに父の思いが詰まっているような気がした。

ふと、辰五郎の目尻《めじり》が濡《ぬ》れているのを見た。

辰吉も胸が熱くなった。きょうから親父に代わって捕り物人生をはじめるのだと、辰吉は決意を新たにしていた。

時代小説文庫
こ 6-33

親父《おやじ》の十手《じって》を受《う》けついで 親子十手捕物帳《おやこじってとりものちょう》

著者 小杉健治《こすぎけんじ》

2019年5月18日第一刷発行

発行者 角川春樹

発行所 株式会社 角川春樹事務所
〒102-0074 東京都千代田区九段南2-1-30 イタリア文化会館

電話 03(3263)5247[編集] 03(3263)5881[営業]

印刷・製本 中央精版印刷株式会社

フォーマット・デザイン＆シンボルマーク 芦澤泰偉

ISBN978-4-7584-4257-2 C0193

http://www.kadokawaharuki.co.jp/[営業]
fanmail@kadokawaharuki.co.jp[編集] ご意見・ご感想をお寄せください。